中國語言文字研究輯刊

二一編

許學仁 主編

第 **2** 冊

殷卜辭與人相關之
義近形旁通用研究（下）

陳冠勳 著

花木蘭文化事業有限公司

國家圖書館出版品預行編目資料

殷卜辭與人相關之義近形旁通用研究（下）／陳冠勳 著 --
初版 -- 新北市：花木蘭文化事業有限公司，2021〔民110〕
目 4+164 面；21×29.7 公分
（中國語言文字研究輯刊　二一編；第 2 冊）
ISBN 978-986-518-655-5（精裝）
1. 甲骨文 2. 研究考訂
802.08　　　　　　　　　　　　　　　　　110012595

ISBN-978-986-518-655-5

9 789865 186555

中國語言文字研究輯刊
二一編　　第 二 冊　　　　　ISBN：978-986-518-655-5

殷卜辭與人相關之義近形旁通用研究（下）

作　　者　陳冠勳
主　　編　許學仁
總 編 輯　杜潔祥
副總編輯　楊嘉樂
編　　輯　許郁翎、張雅淋、潘玟靜　美術編輯　陳逸婷
出　　版　花木蘭文化事業有限公司
發 行 人　高小娟
聯絡地址　235 新北市中和區中安街七二號十三樓
　　　　　電話：02-2923-1455／傳真：02-2923-1452
網　　址　http://www.huamulan.tw 信箱 service@huamulans.com
印　　刷　普羅文化出版廣告事業
初　　版　2021 年 9 月
全書字數　198792 字
定　　價　二一編 18 冊（精裝）　台幣 54,000 元　　　版權所有 · 請勿翻印

殷卜辭與人相關之
義近形旁通用研究（下）

陳冠勳　著

陸、結　論

　　義近形旁通用是古文字考釋常見之方法，然學者使用此種考釋法，多忽略其「形、音、義」三者之結合，故本文將殷卜辭中義近人旁之字分為三類九組，共二十字例進行考察，透過字義分析及數字統計，觀察諸字是否通用，並討論其通用與否之因，整理出義近形旁通用之條件。另外，也從諸字的考釋、各期文字的使用情況，分析甲骨文字的字樣觀念，並結合鑽鑿形態，嘗試以此觀念來討論斷代。以下分述之：

一、義近形旁通用之條件

　　本文所考釋二十字例中，共五例不能通用，包括：即（𠨞、𨛜）、鬼（𤱯、𤱱）、兄（𠶷、𠰴）、見（𥄂、𥄱）、妥（𦦕）印（𠃨）。「即、鬼、兄、見」四字皆屬「人與卩」偏旁一組，考其不能通用之因，在於从卩偏旁之字，其創意皆說明其為室內之活動或必須跪坐的動作，如祝（𥄞）強調其跪坐祝禱之姿、即（𠨞）強調其跪坐進食之禮節。至於妥、印二字之別在於从女或从卩，考察其創意知「妥」字強調女性生理條件，故不與印字通用。

　　又有競（𦐇、𦐈）、曼（𦣻、𢒸）二字，因卜辭數量太少且為私名者，無法逕言其通用，然以文字創意討論，競字以「大」旁替換「人」旁、曼字以「面」旁替換「目」旁，皆不影響其創意，故以「暫定相通」別之，以俟更多材料。

　　其他十三例包括：毓（𣱱、𣫐）、蔑（𦱴、𦵹、𦲸、𦳏）、妫（𦙴、𦚧）、艱

（圖、圖）、夢（圖、圖）、得（圖、圖）、采（圖、圖）再（圖、圖）鼓（圖、圖）、
攸（圖、圖）、逆（圖、圖）、遘（圖、圖）皆能通用，筆者進一步歸納出義近形旁
條件為「兩形旁之詞義含括範圍必須有交集之處，由兩形旁組成之異體字皆
要合於其創意，且文獻意義相同，並考慮其時代性」，即需兼顧文字「形、音、
義」三者的聚合及時空環境。

二、甲骨文字字樣觀念及其應用

字樣學是唐代以後所興起的學門，然因甲骨之特殊性質，且文字用以表達
思想、傳遞訊息，筆者認為即使是字形未定形之甲骨文字，應仍有一定程度的
規範，透過甲骨字形的統計亦能確認有此現象。而各期之間用字情況則略有不
同：第一期的用字最為整齊一致；第二期雖亦頗整齊，然略遜於第一期；而第
三期異體字較多；第四期情況與第二期大致相同，而王族卜辭或因其非王室卜
辭的性質，常見許多特殊字形，用字規範上看似比同期的王室卜辭寬鬆，相較
地第一期則有更明顯的差距；第五期因字例較少，然就可分析的字例來看，此
期異體字不多，最大的特色是此期代表字與早期不同。

各期的用字情況與董作賓對於各期「書體」的形容及許進雄先生對各期
「鑽鑿」形態的描述，其結論大致相同，筆者以為，或可將此概念作為斷代
之輔助。透過這些字例的整理、分析，可得知甲骨文字中所隱含的字樣觀念
有三，即正字之選擇、用字之情況及辨似之概念。觀察各期正字之選擇，發
現不同時期的代表字或有替換，如菁、鼓二字即是；而各期用字之情況不同，
大致是政治力越強大的時期，其異體字越少，如武丁期即是。辨似概念則可
由第二期「祝」字得知，殷人會改變字形以區分相似之文字。

將字樣觀念運用於斷代上，即藉由觀察各期之字形，並結合代表字與異體
字之間的關係來論斷。

以王族卜辭為例，透過比較第一期與王族卜辭之代表字與異體字之間的關
係，發現王族卜辭異體字多，甚至有此類卜辭才有的特殊字形，且大部分代表
字與第一期不同。如從用字道德觀的角度切入，王族卜辭不屬於武丁期之甲骨，
反而與第四期的用字情況較為相似。《花東》卜辭亦同，純就字形來看，《花東》
甲骨用字多為晚期字形，再輔以字樣觀念論之，政治力強大的武丁期，不應有
如此多紛雜的異體字，故筆者以為《花東》卜辭亦屬晚期之甲骨。

三、餘　論

　　本文僅就殷卜辭中義近人形偏旁討論，希望能藉由此方法，將來能擴及殷卜辭其他形旁。且除卜辭外，銅器銘文及簡帛文字，亦能以同樣的方法進行考察，使「義近形旁通用」有更全面且完整的論述。

參考暨引用書目

一、專　書

（一）古　籍

1. 東周・左丘明著、楊伯峻注，《春秋左傳注》，北京，中華書局，1981 年。
2. 西漢・司馬遷，《史記》，臺北，商務印書館。（宋慶元黃善夫刊本）2010 年。
3. 東漢・班固著、清・陳立撰，《白虎通疏證》，北京，中華書局。（淮南書局刊本）1994 年。
4. 東漢・許慎撰、宋・徐鉉校定，《說文解字》，北京，中華書局。（陳昌治刻本）2010 年。
5. 東漢・許慎撰、南唐・徐鍇撰，《說文解字繫傳》，北京，中華書局，2011 年。
6. 東漢・許慎撰、清・段玉裁注，《說文解字注》，臺北，洪葉文化事業公司。（經韻樓藏版）2001 年。
7. 東漢・鄭玄注，《禮記》，《漢魏古注十三經（附四書章句集注）》，北京，中華書局。（相臺岳氏家塾本）1988 年。
8. 魏・張揖撰、清・王念孫疏證，《廣雅疏證》，北京，中華書局，1983 年。
9. 北齊・顏之推著、王利器集解，《顏氏家訓集解（增補本）》，北京，中華書局，2002 年。
10. 梁・顧野王，《大廣益會玉篇》，北京，中華書局。（張氏澤存堂本）2008 年。
11. 唐・顏元孫，《干祿字書》，《叢書新編集成》第 35 冊，臺北，新文豐出版公司。（夷門廣牘本）1985 年。
12. 宋・鄭樵，《通志》，北京，中華書局，1987 年。
13. 宋・丁度等編，《集韻》，上海，上海古籍出版社。（述古堂影宋鈔本）1985 年。

14. 宋・戴侗，《六書故》，北京，中華書局。（李鼎元刊本）2016 年。

15. 元・周伯琦，《六書正譌》，《景印文淵閣四庫全書》第 228 冊，臺北，商務印書館。（國立故宮博院藏本）1983-1986 年。

16. 明・梅膺祚，《字匯・卷末》，上海，上海辭書出版社。（康熙戊辰靈隱寺本影印）1991 年。

17. 明・張自烈、清・廖文英補，《正字通》，北京，國際文化出版公司。（秀水吳氏清晝堂序刊本）1996 年。

18. 清・陳介祺，《十鐘山房印舉》，北京，中國書店。（涵芬樓影印本）1985 年。

19. 清・黃以周，〈釋鼓鼖〉，《說文解字詁林及補遺》，臺北，商務印書館，1966 年。

（二）專　著

（1）古文字材料

1. 中國社會科學院考古研究所，《小屯南地甲骨》，北京，中華書局，1980 年～1983 年。

2. 中國社會科學院考古研究所，《殷墟花園莊東地甲骨》，昆明，雲南人民出版社，2003 年。

3. 中國社會科學院考古研究所，《殷墟小屯村中村南甲骨》，昆明，雲南人民出版社，2012 年。

4. 中國社會科學院歷史研究所，《甲骨文合集補編》北京，語文出版社，1999 年。

5. 李霜潔，《殷墟小屯村中村南甲骨刻辭類纂》，北京，中華書局，2017 年。

6. 貝塚茂樹《京都大學人文科學研究所藏甲骨文字・本文篇》，京都，京都大學人文科學研究所，1960 年。

7. 姚孝遂主編，《殷墟甲骨刻辭類纂》，北京，中華書局，1989 年。

8. 姚孝遂主編，《殷墟甲骨刻辭摹釋總集》北京，中華書局，1988 年。

9. 馬承源主編，《上海博物館藏戰國楚竹書（一）》，上海，上海古籍出版社，2001 年。

10. 馬承源主編，《上海博物館藏戰國楚竹書（二）》，上海，上海古籍出版社，2002 年。

11. 李學勤、齊文心、艾蘭，《英國所藏甲骨集》，北京，中華書局，1985 年。

12. 松丸道雄編，《東京大學東洋文化研究所藏甲骨文字・圖版篇》，東京，東京大學東洋文化研究所，1983 年。

13. 胡厚宣主編，《甲骨文合集材料來源表》，北京，中國社會科學院，1999 年。

14. 許進雄先生，《明義士收藏甲骨釋文篇》，多倫多，皇家安大略博物館，1977 年。

15. 許進雄先生，《懷特氏等收藏甲骨文集》多倫多，皇家安大略博物館，1979 年。

16. 陳年福，《殷墟甲骨文摹釋全編》，北京，線裝書局，2010 年。

17. 郭沫若主編，《甲骨文合集》，北京，中華書局，1978 年～1983 年。

（2）論　著

【一劃至五劃】

1. 丁山，《殷商氏族方國志》，《甲骨文所見氏族及其制度》，北京，中華書局，1999年。

2. 丁福保編纂，《說文解字詁林及補遺》，臺北，商務印書館，1966年。

3. 于省吾主編、姚孝遂按語，《甲骨文字詁林》，北京，中華書局，1996年。

4. 于省吾，《甲骨文字釋林》，北京，中華書局，1997年。

5. 王子楊，《甲骨文字形類組差異現象研究》，上海，中西書局，2013年。

6. 王宇信，《新中國甲骨學六十年（1949～2009）》，北京，中國社會科學出版社，2013年。

7. 王宇信、楊升南主編，《甲骨學一百年》，北京，社會科學文獻出版社，1999年。

8. 王國維，《觀堂集林》，石家莊，河北教育出版社，2001年。

9. 王獻唐，《古文字中所見之火燭》，濟南，齊魯書社，1979年。

10. 王襄，《簠室殷契徵文附考釋》，天津，河北第一博物院，1925年。

11. 王襄，《簠室殷契類纂》，天津，河北第一博物院，1929年。

12. 中國社會科學院考古研究所，《殷墟婦好墓》，北京，文物出版社，1980年。

13. 方稚松，《殷墟甲骨文五種記事刻辭研究》，北京，線裝書局，2009年。

14. 白于藍，《殷墟甲骨刻辭摹釋總集校訂》，福州，福建人民出版社，2004年。

15. 白川靜，《漢字百話》，東京，中央公論新社，2009年。

16. 白川靜，《白川靜著作集別卷・甲骨金文學論叢上》，東京，平凡社，2008年。

17. 白川靜，《白川靜著作集別卷・甲骨金文學論叢下》，東京，平凡社，2012年。

18. 白川靜著、鄭威譯《漢字百話》新北，大家出版社，2012年。

【六劃至十劃】

1. 朱歧祥，《甲骨學論叢》，臺北，臺灣學生書局，1992年。

2. 朱歧祥，《殷墟甲骨文字通釋稿》，臺北，文史哲出版社，1989年。

3. 朱歧祥等編，《甲骨文詞譜》，臺北，里仁書局，2013年。

4. 李孝定，《讀《說文》記》，臺北，中央研究院歷史語言研究所，1992年。

5. 李孝定，《甲骨文字集釋》，臺北，中央研究院歷史語言研究所，2009年。

6. 李宗焜編著，《甲骨文字編》，北京，中華書局，2012年。

7. 李學勤、彭裕商，《殷墟甲骨分期研究》，上海，上海古籍出版社，1996年。

8. 沈建華、曹錦炎編著，《甲骨文字形表（增訂版）》，上海，上海辭書出版社，2017年。

9. 宋鎮豪，《夏商社會生活史》，北京，中國社會科學出版社，2005年。

10. 宋鎮豪主編，《百年甲骨學論著目》，北京，語文出版社，1999年。

11. 宋鎮豪、段志洪主編，《甲骨文獻集成》，成都，四川大學出版社，2001。

12. 何景成編，《甲骨文字詁林補編》，北京，中華書局，2017年。

13. 何琳儀，《戰國文字通論》，北京，中華書局，1989年。

14. 何琳儀，《戰國文字通論（補訂）》，南京，江蘇教育出版社，2003年。

15. 吳其昌，《殷虛書契解詁》，臺北，藝文印書館，1959年。

16. 吳俊德先生，《殷卜辭先王稱謂綜論》，臺北，里仁書局，2010年。

17. 吳俊德先生，《殷墟第四期祭祀卜辭研究》，臺北，國立臺灣大學出版委員會，2005 年。

18. 松丸道雄、高嶋謙一，《甲骨文字字釋綜覽》，東京，東京大學出版社，1993 年。

19. 林宏明，《醉古集：甲骨的綴合與研究》，臺北，萬卷樓，2011 年。

20. 金祖同，《殷契遺珠》，臺北，藝文印書館，1974 年。

21. 屈萬里，《殷虛文字甲編考釋》臺北，中央研究院歷史語言研究所，1961 年。

22. 屈萬里，《尚書集釋》，臺北，聯經出版社，2010 年。

23. 姚孝遂、肖丁，《小屯南地甲骨考釋》，北京，中華書局，1985 年。

24. 徐中舒，《甲骨文字典》，成都，四川辭書出版社，1989 年。

25. 島邦男，《殷墟卜辭研究》，弘前，弘前大學文理學部中国研究会，1958 年。

26. 島邦男著、濮茅左、顧偉良譯，《殷墟卜辭研究》（中譯本），上海，上海古籍出版社，2006 年。

27. 夏大兆編，《商代文字字形表》，上海：上海古籍出版社，2017 年。

28. 高明，《中國古文字學通論》，北京，北京大學出版社，2006 年。

29. 唐蘭，《古文字學導論》，濟南，齊魯書社，1981 年。

30. 唐蘭，《殷虛文字記》，北京，中華書局，1981 年。

31. 唐蘭，《中國文字學》，上海，上海古籍出版社，2007 年。

32. 唐蘭著、唐復年整理，《甲骨文自然分類簡編》，太原，山西教育出版社，1999 年。

33. 孫海波，《甲骨文錄》，臺北，藝文印書館，1958 年。

34. 孫海波，《甲骨文編》，京都，中文出版社，1982 年。

35. 孫詒讓，《契文舉例》，《叢書集成續編》第 18 冊，臺北，新文豐出版公司，1989 年。

36. 姬佛陀輯、王國維考釋，《戩壽堂所藏殷虛文字》，《王國維全集》第 5 卷，杭州，浙江教育出版社，2010 年。

【十一劃至十五劃】

1. 崎川隆，《賓組甲骨文分類研究》，上海，上海人民出版社，2011 年。

2. 常玉芝，《商代周祭制度》，北京，中國社會科學出版社，1987 年。

3. 常耀華《殷墟甲骨非王卜辭研究》北京，線裝書局，2006 年。

4. 商承祚，《殷契佚存》，南京，金陵大學中國文化研究所，1933 年。

5. 郭仕超，《甲骨文字形演變研究》，北京，中國社會科學出版社，2016 年。

6. 郭沫若，《卜辭通纂》，北京，中國社會科學院考古研究所，1983 年。

7. 郭沫若，《殷契粹編》，臺北，大通書局，1971 年。

8. 許錟輝，《說文重文形體考》，臺北，文津出版社，1973 年。

9. 許進雄先生，《殷卜辭中五種祭祀的研究》，臺北，國立臺灣大學文學院，1968 年。

10. 許進雄先生，《甲骨上鑿鑽形態的研究》，臺北，藝文印書館，1979 年。

11. 許進雄先生，《簡明中國文字學》，臺北，學海出版社，1990 年。

12. 許進雄先生，《簡明中國文字學（修訂版）》，北京，中華書局，2013 年。

13. 許進雄先生，《中國古代社會》，臺北，商務印書館，2013 年。

14. 許進雄先生，《字字有來頭》，新北，字畝文化創意，2017 年-2018 年。

15. 許進雄先生，《博物館裡的文字學家》，新北，商務印書館，2017 年。

16. 陳夢家，《殷虛卜辭綜述》，北京，中華書局，2013 年。

17. 陳邦懷，《殷契拾遺》，出版地不詳。略識字齋石印本，1927 年。

18. 陳邦懷，《殷虛書契考釋小箋》，出版地不詳。略識字齋石印本，1925 年。

19. 陳冠勳，《殷卜辭中牢字及其相關問題研究》，新北，花木蘭文化出版社，2012 年。

20. 張光直，《商文明》，瀋陽，遼寧教育出版社，2002 年。

21. 張世超，《殷墟甲骨字跡研究——𠂤組卜辭篇》，長春，東北師範大學出版社，2002 年。

22. 張守中、張小滄、郝建文撰集，《郭店楚簡文字編》，北京，文物出版社，2000 年。

23. 張秉權，《殷虛文字丙編》臺北，中央研究院歷史語言研究所，1957-1972 年。

24. 張學城，《《說文》古文研究》上海，上海古籍出版社，2017 年。

25. 黃天樹，《殷墟王卜辭的分類與斷代》，臺北，文津出版社，1991 年。

26. 黃天樹主編，《甲骨拼合集》，北京，學苑出版社，2010 年。

27. 黃天樹主編，《甲骨拼合續集》，北京，學苑出版社，2011 年。

28. 曾榮汾先生，《字樣學研究》，臺北，學生書局，1988 年。

29. 《歷代重要字書俗字研究——《字彙》俗字研究》，國科會研究成果報告書，1996 年。

30. 湯餘惠主編，《戰國文字編》，福州，福建人民出版社，2005 年。

31. 程邦雄，《孫詒讓文字學之研究》，北京，中華書局，2018 年。

32. 溫少峰、袁庭棟，《殷墟卜辭研究——科學技術篇》，成都，四川省社會科學院出版社，1983 年。

33. 董作賓，《殷曆譜》，《董作賓先生全集》乙編，臺北，藝文印書館，1977 年。

34. 董作賓，《董作賓先生全集》臺北，藝文印書館，1977 年。

35. 楊樹達，《積微居金文說（增訂本）》，北京，科學出版社，1959 年。

36. 楊郁彥，《甲骨文合集分組分類總表》，臺北，藝文印書館，2005 年。

37. 裘錫圭，《文字學概要》，北京，商務印書館，1988 年。

38. 裘錫圭，《文字學概要（修訂版）》，北京，商務印書館，2014 年。

39. 葉玉森，《殷虛書契前編集釋》，臺北，藝文印書館，1966 年。

40. 葉蜚聲、徐通鏘，《語言學綱要》，臺北，書林出版公司，1994 年。

41. 鄒曉麗、李彤、馮麗萍，《甲骨文字學述要》，長沙，岳麓書社，1999 年。

42. 趙林，《殷契釋親論商代的親屬稱謂及親屬組織制度》，上海，上海古籍出版社，2011 年。

43. 趙誠，《甲骨文簡明詞典——卜辭分類讀本》，北京，中華書局，2009 年。

44. 劉釗，《古文字構形學》福州，福建人民出版社，2006 年。

45. 劉釗，《古文字構形學（修訂本）》福州，福建人民出版社，2011 年。

46. 劉風華，《殷墟村南系列甲骨卜辭整理與研究》，上海，上海古籍出版社，2014 年。

47. 劉義峰，《無名組卜辭的整理與研究》，北京，金盾出版社，2014 年。

48. 蔡哲茂，《甲骨綴合集》，臺北，中央研究院歷史語言研究所，1999 年。

49. 蔡哲茂，《甲骨綴合續集》，臺北，文津出版社，2004 年。

50. 蔡哲茂，《甲骨綴合彙編（圖版篇）》，新北，花木蘭文化出版社，2011 年。

【十六劃至二十劃】

1. 韓偉 ，《漢字字形文化論稿》，北京，世界圖書出版公司，2010 年。

2. 韓耀隆，《中國文字義符通用釋例》，臺北，文史哲出版社，1987 年。

3. 羅振玉，《增訂殷虛書契考釋》，臺北，藝文印書館，1969 年。

4. 羅振玉考釋、商承祚類次，《殷虛文字類編》，臺北，文史哲出版社，1979 年。

5. 譚飛，《羅振玉文字學研究》，北京，中國社會科學出版社，2014 年。

6. 嚴一萍，《美國納爾森美術館藏甲骨卜辭考釋》，臺北，藝文印書館，1973 年。

7. 饒宗頤，《殷代貞卜人物通考》，香港，香港大學出版社，1959 年。

二、單篇論文

【一劃至五劃】

1. 丁驌，〈說后〉，《中國文字》31，臺北，國立臺灣大學中國文學系，1969 年。

2. 于省吾，〈釋「逆羌」〉，《甲骨文字釋林》，北京，中華書局，1979 年。

3. 于省吾，〈釋攺〉，《甲骨文字釋林》，北京，中華書局，1979 年。

4. 于省吾，〈釋女嬡〉，《甲骨文字釋林》，北京，中華書局，1979 年。

5. 于省吾，〈釋遘〉，《甲骨文字釋林》，北京，中華書局，1979 年。

6. 于省吾，〈釋冉冊〉，《雙劍誃殷契駢枝續編》，北京，中華書局，2009 年。

7. 于秀卿、賈雙喜、徐自強，〈甲骨的鑿鑽形態與分期斷代研究〉，《古文字研究》第 6 輯，北京，中華書局，1981 年。

8. 王慎行，〈古文字義近偏旁通用例〉，《古文字與殷周文明》，西安，陝西人民教育出版社，1992 年。

9. 王國維，〈《史籀篇證》序〉，《觀堂集林》，石家莊，河北教育出版社，2001 年。

10. 石璋如，〈小屯第四十墓的整理與殷代第一類甲種車的初部復原〉，《中央研究院歷史語言研究所集刊》第 40 本下冊，臺北，中央研究院歷史語言研究所，1969 年。

11. 石璋如，〈殷車復原說明〉，《商文化論集》北京，文物出版社，2003 年。

12. 白川靜，〈皐辜關係字說——主として中國古代における身體刑について—〉，《甲骨金文學論集》，京都，朋友書店，1973 年。

13. 白川靜，〈釋師〉，《甲骨金文學論集》，京都，朋友書店，1973 年。

14. 白川靜，〈作冊考〉，《白川靜著作集別卷・甲骨金文學論叢上》，東京，平凡社，2008 年。

15. 白川靜，〈殷代雄族考・其三〉，《白川靜著作集別卷・甲骨金文學論叢下 1》，東京，平凡社，2012 年。

16. 白川靜著、鄭清茂譯，〈作冊考〉，《中國文字》40，臺北，國立臺灣大學中國文

學系，1971 年。

17. 白玉崢，〈契文舉例校讀（四）〉，《中國文字》32 臺北，國立臺灣大學中國文學系，1969 年。

18. 白玉崢，〈契文舉例校讀（十四）〉，《中國文字》46 臺北，國立臺灣大學中國文學系，1972 年 3 月。

【六劃至十劃】

1. 朱歧祥，〈甲骨文一字異形研究〉，《甲骨學論叢》，臺北，臺灣學生書局，1992 年。

2. 〈殷墟甲骨文字的藝術〉，《甲骨學論叢》，臺北，臺灣學生書局，1992 年。

3. 朱德熙，〈古文字考釋四篇〉，《古文字研究》第 8 輯，北京，中華書局，1983 年。

4. 朱鳳瀚，〈論卜辭與商金文中的「后」〉，《古文字研究》第 19 輯，北京，中華書局，1992 年。

5. 吳俊德先生，〈第四期卜旬辭的整理與運用〉，《臺大中文學報》第 15 期，臺北，國立臺灣大學中國文學系，2001 年。

6. 吳俊德先生，〈花東卜辭時代的異見〉，《北市大語文學報》第 3 期，臺北，臺北市立大學，2009 年。

7. 吳俊德先生，〈「同形異字」說簡議〉，《儒學研究論叢》第 4 輯，臺北，臺北市立大學人文藝術學院儒學中心，2011 年。

8. 宋鎮豪，〈甲骨文中的夢與占夢〉，《文物》第 6 期，北京，文物出版社，2006 年。

9. 何會，〈龜腹甲新綴第十七則〉，先秦史研究室，2010.08.02，（http://www.xianqin.org/blog/archives/2006.html）

10. 李運富，〈關於「異體字」的幾個問題〉，《語言文字應用》2006 年 1 期，北京，教育部語言文字應用研究所，2006 年 2 月。

11. 李學勤，〈論「婦好」墓的年代及有關問題〉，《文物》1977 年第 11 期，北京，文物出版社，1977 年。

12. 李學勤，〈關於自組卜辭的一些問題〉，《古文字研究》第 3 輯，北京中華書局，1980 年。

13. 李濟，〈跪坐蹲居與箕踞——殷墟石刻研究之一〉，《李濟文集》卷 4，上海，上海人民出版社，2006 年。

14. 沈培，〈殷卜辭中跟卜兆有關的「見」和「告」〉，《古文字研究》第 27 輯，北京，中華書局，2008 年。

15. 林宏明，〈說殷卜辭見字的一種特殊用法〉，《古文字研究》第 27 輯，北京，中華書局，2008 年。

16. 林宏明，〈甲骨新綴第八五～八六例〉，先秦史研究室，2010.06.03，（http://www.xianqin.org/blog/archives/1935.html）

17. 林政華，〈甲骨文成語集釋（上）〉，《中國書目季刊》第 17 卷第 4 期，臺北，中國書目季刊社，1984 年。

18. 林澐,〈從子卜辭試論商代家族形態〉,《林澐學術文集》,北京,中國大百科全書出版社,1998 年。

19. 林澐,〈小屯南地發掘與殷墟甲骨斷代〉,《林澐學術文集》,北京,中國大百科全書出版社,1998 年。

20. 林澐,〈評〈三論武乙、文丁卜辭〉〉,《出土材料與新視野》,臺北,中央研究院,2013 年。

21. 金祥恆,〈加拿大多侖多大學安達略博物館所藏一片牛胛骨刻辭考釋〉,《金祥恆先生全集》第 2 冊,臺北,藝文印書館,1990 年。

22. 金祥恆,〈從甲骨卜辭研究殷商軍旅制度中的三族三行三師〉,《金祥恆先生全集》第 2 冊,臺北,藝文印書館,1990 年。

23. 姚孝遂,〈商代的俘虜〉,《古文字研究》第 1 輯,北京,中華書局,1979 年。

24. 殷康,〈古鼓和古文鼓字〉,《社會科學戰線》1979 年第 3 期,長春‧社會科學戰線雜誌社,1979 年。

25. 孫海波,〈卜辭文字小記〉,《考古社刊》第 3 期,北京,考古學社,1935 年。

26. 孫海波,〈卜辭文字小記續〉,《考古社刊》第 5 期,北京,考古學社,1936 年。

27. 高嶋謙一,〈甲骨文中的並聯名詞仂語〉,《古文字研究》第 17 輯,北京,中華書局,1989 年。

28. 徐錫臺,〈殷墟出土疾病卜辭的考釋〉,《中國語文研究》第 7 期,香港,香港中文大學吳多泰中國語文研究中心,1985 年。

【十一劃至十五劃】

1. 許進雄先生,〈釋御〉,《許進雄古文字論集》,北京,中華書局,2010 年。

2. 許進雄先生,〈談貞人荷的年代〉,《許進雄古文字論集》,北京,中華書局,2010 年。

3. 許進雄先生,〈工字是何形象〉,《許進雄古文字論集》,北京,中華書局,2010 年。

4. 許進雄先生,〈判定字形演變方向的原則〉,《許進雄古文字論集》,北京,中華書局,2010 年。

5. 許進雄先生,〈古文字中特殊身份者的形象〉,《許進雄古文字論集》,北京,中華書局,2010 年。

6. 常玉芝,〈殷墟甲骨「先用字體分類再進行斷代」說評議〉,《殷都學刊》2019 年第 4 期,安陽,安陽師範學院,2019 年。

7. 連劭名,〈甲骨刻辭中的血祭〉,《古文字研究》第 16 輯,北京,中華書局,1989 年。

8. 張玉金,〈論殷墟卜辭命辭語言本質及其語氣〉,《中國文字》新 26 期,臺北,藝文印書館,1990 年。

9. 張亞初,〈古文字分類考釋論稿〉,《古文字研究》第十七輯,北京,中華書局,1989 年。

10. 張世超,〈釋「**奻**」〉,《古文字研究》第 27 輯,北京,中華書局,2008 年。

11. 張長壽、張孝光〈殷周車制略說〉,《商周考古論集》,北京,文物出版社,2007 年。

12. 張桂光，〈古文字中的形體訛變〉，《古文字論集》，北京，中華書局，2004 年。

13. 張桂光，〈甲骨文形符系統特徵的探討〉，《古文字論集》，北京，中華書局，2004 年。

14. 張桂光，〈古文字義近形旁通用條件的探討〉，《古文字論集》，北京，中華書局，2004 年。

15. 張桂光，〈古文字考釋四則〉，《古文字論集》，北京，中華書局，2004 年。

16. 張秉權，〈卜辭中所見殷商政治統一的力量及其達到的範圍〉，《中央研究院歷史語言研究所集刊》第 50 本 1 分，臺北，中央研究院歷史語言研究所，1979 年。

17. 陳劍，〈殷墟卜辭的分期分類對甲骨文字考釋的重要性〉，《甲骨金文考釋論集》，北京，線裝書局，2007 年。

18. 陳冠勳，〈從字樣角度試探甲骨相關問題〉，《有鳳初鳴年刊》第 6 期，臺北，東吳大學中國文學系碩博班，2010 年。

19. 曹錦炎，〈甲骨文合文研究〉，《古文字研究》第 19 輯，北京，中華書局，1992 年。

20. 曾榮汾先生，〈漢語俗字的演化〉，《華語文教學研究》第 3 卷第 2 期，臺北。華文世界雜誌社，2006 年。

21. 黃天樹，〈《說文》部首與甲骨部首比較研究〉，《文獻》2017 年第 5 期，北京，書目文獻出版社，2017 年。

22. 黃天樹，〈甲骨部首整理研究〉，《文獻》2019 年第 5 期，北京，書目文獻出版社，2019 年。

23. 楊升南，〈對商代人祭身分的考察〉，《先秦史論文集》，西安，人文雜誌編輯委員會，1982 年。

24. 〈商代人牲身份的再考察〉，《歷史研究》，北京，中國社會科學雜誌社，1988 年。

25. 楊潛齋，〈釋冥放〉，《華中師院學報（哲學社會科學版）》1981 年 3 期，武漢，華中師範大學，1981 年。

26. 詹鄞鑫，〈卜辭殷代醫藥衛生考（節本）〉，《華夏考詹鄞鑫文字訓詁論集》，北京，中華書局，2006 年。

27. 董作賓，〈大龜四版考釋〉，《董作賓先生全集》甲編，臺北，藝文印書館，1977 年。

28. 董作賓，〈殷墟文字乙編序〉，《董作賓先生全集》甲編，臺北，藝文印書館，1977 年。

29. 董作賓，〈甲骨文斷代研究例〉，《慶祝蔡元培先生六十五歲論文集》上冊，臺北，中央研究院歷史語言研究所，1992 年。

30. 裘錫圭，〈甲骨卜辭中所見的逆祀〉，《出土文獻研究》，北京，文物出版社，1985 年。

31. 裘錫圭，〈甲骨文中的見與視〉，《裘錫圭學術文集·甲骨文卷》，上海，復旦大學出版社，2012 年。

32. 裘錫圭，〈論卜辭「多毓」之「毓」〉，《裘錫圭學術文集·甲骨文卷》，上海，復旦大學出版社，2012 年。

33. 裘錫圭，〈關於殷墟卜辭的命辭是否問句的考察〉，《裘錫圭學術文集·甲骨文卷》上海，復旦大學出版社，2012 年。

34. 趙誠，〈甲骨文行為動詞探索一〉，《古文字研究》第 17 輯，北京，中華書局，1989年。

35. 趙鵬，〈殷墟甲骨文女名結構分析〉，《甲骨文與殷商史》新 1 輯，北京，線裝書局，2008 年。

36. 謝明文，〈說癃與蔑〉，《出土文獻》第 8 輯，上海，中西書局，2016 年。

37. 聞宥，〈殷虛文字孳乳研究〉，《東方雜誌》第 25 卷第 3 號，上海，商務印書館，1928 年。

38. 劉一曼、曹定雲，〈三論武乙、文丁卜辭〉，《考古學報》2011 年第 4 期，北京，中國社會科學院考古研究所，2011 年。

39. 劉一曼、曹定雲，〈四論武乙、文丁卜辭──無名組與歷組卜辭早晚關係〉，《考古學報》2019 年第 2 期，北京，中國社會科學院考古研究所，2019 年。

40. 劉釗，〈釋甲骨文中的「秉棘」〉，《書馨集──出土文獻與古文字論叢》，上海，上海古籍出版社，2013 年。

41. 蔡哲茂，〈逆羌考〉，《大陸雜誌》第 52 卷第 6 期，臺北，大陸雜誌社，1976 年。

42. 〈釋殷卜辭的「見」字〉，《古文字研究》第 24 輯，北京，中華書局，2002 年。

43. 蔣玉斌，〈釋甲骨文「烈風」──兼說「癶」形來源〉，《出土文獻與古文字研究》第 6 輯，上海，上海古籍出版社，2015 年。

【十六劃至二十一劃】

1. 戴君仁，〈同形異字〉，《臺大文史哲學報》，臺北，國立臺灣大學文學院，1963年。

2. 戴蕃豫，〈殷契亡𡆥說〉，《考古社刊》第 5 期，北京，考古學社，1936 年。

3. 羅琨，〈商代人祭及相關問題〉，《甲骨探史錄》，北京，三聯書店，1982 年。

4. 羅運環，〈甲骨文金文「鄂」字考辨〉，《古文字研究》28，北京，中華書局，2010 年。

5. 嚴一萍，〈釋屮〉，《中國文字》4，臺北，國立臺灣大學中國文學系，1961 年。

6. 嚴一萍，〈釋得〉，《甲骨古文字研究》第 1 輯，臺北，藝文印書館，1976 年。

7. 嚴一萍，〈矞祭祀譜〉，《甲骨古文字研究》第 1 輯，臺北，藝文印書館，1976 年。

8. 嚴一萍，〈婦好列傳〉，《殷商史記》，臺北，藝文印書館，1991 年。

9. 顧頡剛，〈紂惡七十事的發生次第〉，《古史辨》第 2 冊，上海，上海古籍出版社，1982 年。

三、學位論文

1. 許學仁，《戰國文字分域與斷代研究》，臺北，國立臺灣師範大學國文研究所博士論文，1986 年。

2. 施順生，《甲骨文異體字研究》，臺北，中國文化大學中國文學研究所碩士論文，1991 年。

3. 施順生，《甲骨文字形體演變規律之研究》，臺北，中國文化大學中國文學研究所博士論文，1998 年。

4. 劉釗，《古文字構形研究》，長春，吉林大學博士論文，1991年。

5. 林清源，《楚國文字構形演變研究》，臺中，東海大學中國文學系博士論文，1997年。

6. 彭慧賢，《甲骨文从人偏旁通用研究》，南投，國立暨南國際大學中國語文學系碩士論文，2005年。

7. 蔣玉斌，《殷墟子卜辭的整理與研究》，吉林，吉林大學博士論文，2006年。

8. 黃榮順，《古文字字形演變之實證——以《說文解字》第五卷（上卷）為例》，臺北，國立臺灣大學中國文學研究所碩士論文，2007年。

9. 張琬渝，《殷墟卜辭中的酒祭研究》，臺北，世新大學中國文學研究所碩士論文，2008年。

10. 林欣穎，《殷墟「王貞卜」卜辭整理與研究》，臺北，國立政治大學中國文學系碩士論文，2016年。

四、網路資料

1. 中央研究院歷史語言研究所殷周金文暨青銅器資料庫
   http://bronze.asdc.sinica.edu.tw/qry_bronze.php

2. 中國社會科學院歷史研究所先秦史研究室 http://www.xianqin.org

3. 《教育部異體字字典》正式六版 https://dict.variants.moe.edu.tw

附錄　統計數字來源表

【說明】

本文卜辭分期採董作賓「五期斷代法」，歷組卜辭及王族卜辭歸屬第四期；然於統計時，將歷組之資料歸入第四期，王族卜辭時代則獨立處理，《花東》卜辭處理原則與王族卜辭同。如其來源為《屯南》、《村中南》，則將原書之分期列於備註欄。

材料若有重版或綴合，則採參互見的方式，將重版或綴合資訊詳列備註欄，以便於查閱。

1. 競

來　源	編　號	分期	字形	卜辭義	備　註
《合集》	106 正	一	𣴎	地名	
《合集》	106 反	一	𣴎	地名	
《合集》	1487	一	𣴎	祭名	
《合集》	4337	一	𣴎	人名	
《合集》	4338	一	𣴎	人名	
《合集》	4339	一	𣴎	殘辭	
《合集》	16537	一	𣴎	人名	
《合補》	5936	一	𣴎	殘辭	
《合集》	22596	二	𣴎	殘辭	
《合集》	22801	二	𣴎	祭名	

《合集》	25194	二	𦥑	祭名	
《合集》	27010	三	𦥑	祭名	
《合集》	27300	三	𦥑	祭名	
《合集》	27337	三	𦥑	祭名	
《合集》	27414	三	𦥑	祭名	
《合集》	27531	三	𦥑	祭名	＋《合集》30479＝《醉古集》275
《合集》	30479	三	𦥑	祭名	＋《合集》27531＝《醉古集》275
《合集》	31706	三	𦥑	祭名	
《合集》	31763	三	𦥑	祭名	
《合集》	31787	三	𦥑	祭名	
《合集》	31788	三	𦥑	祭名	
《屯南》	594	三	𦥑	祭名	康丁
《村中南》	432	三	𦥑	祭名	無名組
《村中南》	432	三	𦥑	祭名	無名組
《合集》	41495	四	𦥑	祭名	
《合集》	41495	四	𦥑	殘辭	

2. 即

來　源	編　號	分期	字形	卜辭義	備　註
《合集》	12590	一	𣇰	祭名	
《合集》	18534	一	𣇰	祭名	
《合補》	6358	一	𣇰	祭名	
《合集》	22554	二	𣇰	貞人	
《合集》	22583	二	𣇰	貞人	
《合集》	22610	二	𣇰	貞人	
《合集》	22648	二	𣇰	貞人	
《合集》	22676	二	𣇰	貞人	
《合集》	22692	二	𣇰	貞人	
《合集》	22701	二	𣇰	貞人	
《合集》	22709	二	𣇰	貞人	
《合集》	22744	二	𣇰	貞人	
《合集》	22781	二	𣇰	貞人	
《合集》	22857	二	𣇰	貞人	
《合集》	22860	二	𣇰	貞人	
《合集》	22887	二	𣇰	貞人	

《合集》	22945	二	𡥀	貞人	
《合集》	22972	二	𡥀	貞人	
《合集》	22972	二	𡥀	貞人	
《合集》	22981	二	𡥀	貞人	
《合集》	23069	二	𡥀	貞人	
《合集》	23071	二	𡥀	貞人	
《合集》	23076	二	𡥀	貞人	
《合集》	23087	二	𡥀	貞人	
《合集》	23088	二	𡥀	貞人	
《合集》	23100	二	𡥀	貞人	
《合集》	23113	二	𡥀	貞人	
《合集》	23126 正	二	𡥀	貞人	
《合集》	23135	二	𡥀	貞人	
《合集》	23163	二	𡥀	貞人	
《合集》	23173	二	𡥀	貞人	
《合集》	23227	二	𡥀	貞人	
《合集》	23229	二	𡥀	貞人	
《合集》	23234	二	𡥀	貞人	
《合集》	23246	二	𡥀	貞人	
《合集》	23279	二	𡥀	貞人	
《合集》	23280	二	𡥀	貞人	
《合集》	23282	二	𡥀	貞人	
《合集》	23308	二	𡥀	貞人	
《合集》	23336	二	𡥀	貞人	
《合集》	23338	二	𡥀	貞人	
《合集》	23351	二	𡥀	貞人	
《合集》	23373	二	𡥀	貞人	
《合集》	23377	二	𡥀	貞人	
《合集》	23407	二	𡥀	貞人	
《合集》	23418	二	𡥀	貞人	
《合集》	23419	二	𡥀	貞人	
《合集》	23442	二	𡥀	貞人	
《合集》	23485	二	𡥀	貞人	
《合集》	23488	二	𡥀	貞人	
《合集》	23489	二	𡥀	貞人	

《合集》	23490	二	𠂤	貞人	
《合集》	23498	二	𠂤	貞人	
《合集》	23501	二	𠂤	貞人	
《合集》	23520	二	𠂤	貞人	
《合集》	23521	二	𠂤	貞人	
《合集》	23602	二	𠂤	貞人	
《合集》	23603	二	𠂤	貞人	
《合集》	23604	二	𠂤	貞人	
《合集》	23605	二	𠂤	貞人	
《合集》	23723	二	𠂤	貞人	
《合集》	23760	二	𠂤	貞人	
《合集》	23761	二	𠂤	貞人	
《合集》	23762	二	𠂤	貞人	
《合集》	23804	二	𠂤	貞人	
《合集》	24140	二	𠂤	貞人	
《合集》	24141	二	𠂤	貞人	
《合集》	24179	二	𠂤	貞人	
《合集》	24184	二	𠂤	貞人	
《合集》	24392	二	𠂤	貞人	
《合集》	24442	二	𠂤	貞人	
《合集》	24451	二	𠂤	貞人	
《合集》	24451	二	𦚢	祭名	
《合集》	24756	二	𠂤	貞人	
《合集》	24780	二	𠂤	貞人	
《合集》	24872	二	𠂤	貞人	
《合集》	24920	二	𠂤	貞人	
《合集》	24954	二	𠂤	貞人	
《合集》	25116	二	𠂤	貞人	
《合集》	25123	二	𠂤	貞人	
《合集》	25142	二	𠂤	貞人	
《合集》	25148	二	𠂤	貞人	
《合集》	25153	二	𠂤	貞人	
《合集》	25160	二	𠂤	貞人	
《合集》	25162	二	𠂤	貞人	
《合集》	25164	二	𠂤	貞人	

《合集》	25165	二	即	貞人	
《合集》	25168	二	即	貞人	
《合集》	25183	二	即	貞人	
《合集》	25188	二	即	貞人	
《合集》	25197	二	即	貞人	
《合集》	25204	二	即	貞人	
《合集》	25247	二	即	貞人	
《合集》	25248	二	即	貞人	
《合集》	25249	二	即	貞人	
《合集》	25250	二	即	貞人	
《合集》	25251	二	即	貞人	
《合集》	25252	二	即	貞人	
《合集》	25254	二	即	貞人	
《合集》	25373	二	即	貞人	
《合集》	25375	二	即	貞人	
《合集》	25376	二	即	貞人	
《合集》	25377	二	即	貞人	
《合集》	25378	二	即	貞人	
《合集》	25461	二	即	貞人	
《合集》	25462	二	即	貞人	
《合集》	25463	二	即	貞人	
《合集》	25464	二	即	貞人	
《合集》	25465	二	即	貞人	
《合集》	25466	二	即	貞人	
《合集》	25467	二	即	貞人	
《合集》	25468	二	即	貞人	
《合集》	25469	二	即	貞人	
《合集》	25471	二	即	貞人	
《合集》	25472	二	即	貞人	
《合集》	25539	二	即	貞人	
《合集》	25540	二	即	貞人	
《合集》	25541	二	即	貞人	
《合集》	25561	二	即	貞人	
《合集》	25562	二	即	貞人	
《合集》	25617	二	即	貞人	

《合集》	25660	二	𠬝	貞人	
《合集》	25664	二	𠬝	貞人	
《合集》	25665	二	𠬝	貞人	
《合集》	25666	二	𠬝	貞人	
《合集》	25667	二	𠬝	貞人	
《合集》	25668	二	𠬝	貞人	
《合集》	25669	二	𠬝	貞人	
《合集》	25776	二	𠬝	貞人	
《合集》	25778	二	𠬝	貞人	
《合集》	25779	二	𠬝	貞人	
《合集》	25780	二	𠬝	貞人	
《合集》	25781	二	𠬝	貞人	
《合集》	25782	二	𠬝	貞人	
《合集》	25783	二	𠬝	貞人	
《合集》	25784	二	𠬝	貞人	
《合集》	25785	二	𠬝	貞人	
《合集》	25944	二	𠬝	貞人	
《合集》	26023	二	𠬝	貞人	
《合集》	26056	二	𠬝	貞人	
《合集》	26066	二	𠬝	貞人	
《合集》	26111	二	𠬝	貞人	
《合集》	26115	二	𠬝	貞人	
《合集》	26360	二	𠬝	貞人	
《合集》	26361	二	𠬝	貞人	
《合集》	26362	二	𠬝	貞人	
《合集》	26363	二	𠬝	貞人	
《合集》	26364	二	𠬝	貞人	
《合集》	26365	二	𠬝	貞人	
《合集》	26366	二	𠬝	貞人	
《合集》	26367	二	𠬝	貞人	
《合集》	26368	二	𠬝	貞人	
《合集》	26369	二	𠬝	貞人	
《合集》	26370	二	𠬝	貞人	
《合集》	26372	二	𠬝	貞人	
《合集》	26462	二	𠬝	貞人	

《合集》	26615	二	𡥀	貞人	
《合集》	26616	二	𡥀	貞人	
《合集》	26617	二	𡥀	貞人	
《合集》	26619	二	𡥀	貞人	
《合集》	22554	二	𡥀	貞人	
《合集》	22583	二	𡥀	貞人	
《合集》	22610	二	𡥀	貞人	
《合集》	22648	二	𡥀	貞人	
《合集》	22676	二	𡥀	貞人	
《合集》	22692	二	𡥀	貞人	
《合集》	22701	二	𡥀	貞人	
《合集》	22709	二	𡥀	貞人	
《合集》	22744	二	𡥀	貞人	
《合集》	22781	二	𡥀	貞人	
《合集》	22857	二	𡥀	貞人	
《合集》	22860	二	𡥀	貞人	
《合集》	22887	二	𡥀	貞人	
《合集》	22945	二	𡥀	貞人	
《合集》	22972	二	𡥀	貞人	
《合集》	22972	二	𡥀	貞人	
《合集》	22981	二	𡥀	貞人	
《合集》	23069	二	𡥀	貞人	
《合集》	23071	二	𡥀	貞人	
《合集》	23076	二	𡥀	貞人	
《合集》	23087	一	𡥀	貞人	
《合集》	23088	二	𡥀	貞人	
《合集》	23100	二	𡥀	貞人	
《合集》	23113	二	𡥀	貞人	
《合集》	23126 正	二	𡥀	貞人	
《合集》	23135	二	𡥀	貞人	
《合集》	23163	二	𡥀	貞人	
《合集》	23173	二	𡥀	貞人	
《合集》	23227	二	𡥀	貞人	
《合集》	23229	二	𡥀	貞人	
《合集》	23234	二	𡥀	貞人	

《合集》	23246	二	𠨘	貞人	
《合集》	23279	二	𠨘	貞人	
《合集》	23280	二	𠨘	貞人	
《合集》	23282	二	𠨘	貞人	
《合集》	23308	二	𠨘	貞人	
《合集》	23336	二	𠨘	貞人	
《合集》	23338	二	𠨘	貞人	
《合集》	23351	二	𠨘	貞人	
《合集》	23373	二	𠨘	貞人	
《合集》	23377	二	𠨘	貞人	
《合集》	23407	二	𠨘	貞人	
《合集》	23418	二	𠨘	貞人	
《合集》	23419	二	𠨘	貞人	
《合集》	23442	二	𠨘	貞人	
《合集》	23485	二	𠨘	貞人	
《合集》	23488	二	𠨘	貞人	
《合集》	23489	二	𠨘	貞人	
《合集》	23490	二	𠨘	貞人	
《合集》	23498	二	𠨘	貞人	
《合集》	23501	二	𠨘	貞人	
《合集》	23520	二	𠨘	貞人	
《合集》	23521	二	𠨘	貞人	
《合集》	23602	二	𠨘	貞人	
《合集》	23603	二	𠨘	貞人	
《合集》	23604	二	𠨘	貞人	
《合集》	23605	二	𠨘	貞人	
《合集》	23723	二	𠨘	貞人	
《合集》	23760	二	𠨘	貞人	
《合集》	23761	二	𠨘	貞人	
《合集》	23762	二	𠨘	貞人	
《合集》	23804	二	𠨘	貞人	
《合集》	24140	二	𠨘	貞人	
《合集》	24141	二	𠨘	貞人	
《合集》	24179	二	𠨘	貞人	
《合集》	24184	二	𠨘	貞人	

《合集》	24392	二	𠂤	貞人	
《合集》	24442	二	𠂤	貞人	
《合集》	24451	二	𠂤	貞人	
《合集》	24756	二	𠂤	貞人	
《合集》	24780	二	𠂤	貞人	
《合集》	24872	二	𠂤	貞人	
《合集》	24920	二	𠂤	貞人	
《合集》	24954	二	𠂤	貞人	
《合集》	25116	二	𠂤	貞人	
《合集》	25123	二	𠂤	貞人	
《合集》	25142	二	𠂤	貞人	
《合集》	25148	二	𠂤	貞人	
《合集》	25153	二	𠂤	貞人	
《合集》	25160	二	𠂤	貞人	
《合集》	25162	二	𠂤	貞人	
《合集》	25164	二	𠂤	貞人	
《合集》	25165	二	𠂤	貞人	
《合集》	25168	二	𠂤	貞人	
《合集》	25183	二	𠂤	貞人	
《合集》	25188	二	𠂤	貞人	
《合集》	25197	二	𠂤	貞人	
《合集》	25204	二	𠂤	貞人	
《合集》	25247	二	𠂤	貞人	
《合集》	25248	二	𠂤	貞人	
《合集》	25249	二	𠂤	貞人	
《合集》	25250	二	𠂤	貞人	
《合集》	25251	二	𠂤	貞人	
《合集》	25252	二	𠂤	貞人	
《合集》	25254	二	𠂤	貞人	
《合集》	25373	二	𠂤	貞人	
《合集》	25375	二	𠂤	貞人	
《合集》	25376	二	𠂤	貞人	
《合集》	25377	二	𠂤	貞人	
《合集》	25378	二	𠂤	貞人	
《合集》	25461	二	𠂤	貞人	

《合集》	25462	二	𣪊	貞人	
《合集》	25463	二	𣪊	貞人	
《合集》	25464	二	𣪊	貞人	
《合集》	25465	二	𣪊	貞人	
《合集》	25466	二	𣪊	貞人	
《合集》	25467	二	𣪊	貞人	
《合集》	25468	二	𣪊	貞人	
《合集》	25469	二	𣪊	貞人	
《合集》	25471	二	𣪊	貞人	
《合集》	25472	二	𣪊	貞人	
《合集》	25539	二	𣪊	貞人	
《合集》	25540	二	𣪊	貞人	
《合集》	25541	二	𣪊	貞人	
《合集》	25561	二	𣪊	貞人	
《合集》	25562	二	𣪊	貞人	
《合集》	25617	二	𣪊	貞人	
《合集》	25660	二	𣪊	貞人	
《合集》	25664	二	𣪊	貞人	
《合集》	25665	二	𣪊	貞人	
《合集》	25666	二	𣪊	貞人	
《合集》	25667	二	𣪊	貞人	
《合集》	25668	二	𣪊	貞人	
《合集》	25669	二	𣪊	貞人	
《合集》	25776	二	𣪊	貞人	
《合集》	25778	二	𣪊	貞人	
《合集》	25779	二	𣪊	貞人	
《合集》	25780	二	𣪊	貞人	
《合集》	25781	二	𣪊	貞人	
《合集》	25782	二	𣪊	貞人	
《合集》	25783	二	𣪊	貞人	
《合集》	25784	二	𣪊	貞人	
《合集》	25785	二	𣪊	貞人	
《合集》	25944	二	𣪊	貞人	
《合集》	26023	二	𣪊	貞人	
《合集》	26056	二	𣪊	貞人	

《合集》	26066	二	〔字〕	貞人
《合集》	26111	二	〔字〕	貞人
《合集》	26115	二	〔字〕	貞人
《合集》	26360	二	〔字〕	貞人
《合集》	26361	二	〔字〕	貞人
《合集》	26362	二	〔字〕	貞人
《合集》	26363	二	〔字〕	貞人
《合集》	26364	二	〔字〕	貞人
《合集》	26365	二	〔字〕	貞人
《合集》	26366	二	〔字〕	貞人
《合集》	26367	二	〔字〕	貞人
《合集》	26368	二	〔字〕	貞人
《合集》	26369	二	〔字〕	貞人
《合集》	26370	二	〔字〕	貞人
《合集》	26372	二	〔字〕	貞人
《合集》	26462	二	〔字〕	貞人
《合集》	26615	二	〔字〕	貞人
《合集》	26616	二	〔字〕	貞人
《合集》	26617	二	〔字〕	貞人
《合集》	26619	二	〔字〕	貞人
《合集》	40922	二	〔字〕	貞人
《合集》	40952	二	〔字〕	貞人
《合補》	40955	二	〔字〕	貞人
《合集》	40956	二	〔字〕	貞人
《合集》	40969	二	〔字〕	貞人
《合集》	40972	二	〔字〕	貞人
《合集》	41076	二	〔字〕	貞人
《合集》	41076	二	〔字〕	貞人
《合集》	41140	二	〔字〕	貞人
《合集》	41143	二	〔字〕	貞人
《合集》	41160	二	〔字〕	貞人
《合集》	41193	二	〔字〕	貞人
《合集》	41237	二	〔字〕	貞人
《合集》	41237	二	〔字〕	貞人
《合補》	6981	二	〔字〕	貞人

《合補》	7150	二	𝌏	貞人	
《合補》	7156	二	𝌏	貞人	
《合補》	7167	二	𝌏	貞人	
《合補》	7324	二	𝌏	貞人	
《合補》	7363	二	𝌏	貞人	
《合補》	7372	二	𝌏	貞人	
《合補》	7372	二	𝌏	貞人	
《合補》	7509	二	𝌏	貞人	
《合補》	7511	二	𝌏	貞人	
《合補》	7538	二	𝌏	貞人	
《合補》	7699	二	𝌏	貞人	
《合補》	7785	二	𝌏	貞人	
《合補》	7890	二	𝌏	貞人	
《合補》	7910	二	𝌏	貞人	
《合補》	7918	二	𝌏	貞人	
《合補》	7980	二	𝌏	貞人	
《合補》	8035	二	𝌏	貞人	
《合補》	8101	二	𝌏	貞人	
《合補》	8120	二	𝌏	貞人	
《合補》	8145	二	𝌏	貞人	
《合補》	8266	二	𝌏	貞人	
《合補》	8268	二	𝌏	貞人	
《合補》	8626	二	𝌏	貞人	
《合補》	8684	二	𝌏	貞人	
《合補》	13298	二	𝌏	貞人	
《懷特》	1261	二	𝌏	貞人	
《合集》	27449	三	𝌗	祭名	
《合集》	27456正	三	𝌗	祭名	
《合集》	27460	三	𝌗	祭名	
《合集》	28207	三	𝌗	祭名	
《合集》	28252	三	𝌗	祭名	
《合集》	29703	三	𝌗	祭名	
《合集》	29704	三	𝌗	祭名	
《合集》	29705	三	𝌗	祭名	
《合集》	29706	三	𝌗	祭名	

《合集》	29707	三	𢆰	祭名	
《合集》	29708	三	𢆰	祭名	
《合集》	30131	三	𢆰	祭名	
《合集》	30318	三	𢆰	祭名	
《合集》	30320	三	𢆰	祭名	
《合集》	30329	三	𢆰	祭名	
《合集》	30330	三	𢆰	祭名	
《合集》	30331	三	𢆰	祭名	
《合集》	30332	三	𢆰	祭名	
《合集》	30333	三	𢆰	祭名	
《合集》	30356	三	𢆰	祭名	
《合集》	30410	三	𢆰	祭名	
《合集》	30415	三	𢆰	祭名	
《合集》	30416	三	𢆰	祭名	
《合集》	30429	三	𢆰	祭名	
《合集》	30675	三	𢆰	祭名	
《合集》	31051	三	𢆰	祭名	
《合集》	31052	三	𢆰	祭名	
《合集》	31054	三	𢆰	祭名	
《合集》	31055	三	𢆰	祭名	
《合補》	8746	三	𢆰	祭名	
《合補》	9587	三	𢆰	祭名	
《合補》	10388	三	𢆰	祭名	
《屯南》	75	三	𢆰	祭名	康丁
《屯南》	75	三	𢆰	祭名	康丁
《屯南》	173	三	𢆰	祭名	康丁
《屯南》	577	三	𢆰	祭名	康丁
《屯南》	658	三	𢆰	祭名	康丁
《屯南》	2294	三	𢆰	祭名	康丁
《屯南》	2294	三	𢆰	祭名	康丁
《屯南》	2359	三	𢆰	祭名	康丁
《屯南》	2359	三	𢆰	祭名	康丁
《屯南》	4412	三	𢆰	祭名	康丁
《懷特》	1468	三	𢆰	祭名	
《合集》	32019	四	𢆰	祭名	

《合集》	32228	四	𡈼	祭名	
《合集》	32277	四	𡈼	祭名	
《合集》	32278	四	𡈼	祭名	
《合集》	32334	四	𡈼	祭名	
《合集》	32440	四	𡈼	祭名	
《合集》	32467	四	𡈼	祭名	
《合集》	32714	四	𡈼	祭名	
《合集》	32886	四	𡈼	祭名	
《合集》	32887	四	𡈼	祭名	
《合集》	32888	四	𡈼	祭名	
《合集》	32889	四	𡈼	祭名	
《合集》	32890	四	𡈼	祭名	
《合集》	32895	四	𡈼	祭名	
《合集》	32904	四	𡈼	祭名	
《合集》	32924	四	𡈼	祭名	
《合集》	32995	四	𡈼	祭名	
《合集》	33004	四	𡈼	祭名	
《合集》	33348	四	𡈼	祭名	
《合集》	34058	四	𡈼	祭名	
《合集》	34059	四	𡈼	祭名	
《合集》	34060	四	𡈼	祭名	
《合集》	34061	四	𡈼	祭名	
《合集》	34062	四	𡈼	祭名	
《合集》	34063	四	𡈼	祭名	
《合集》	34102	四	𡈼	祭名	
《合集》	34161	四	𡈼	祭名	
《合集》	34162	四	𡈼	祭名	
《合集》	34169	四	𡈼	祭名	
《合集》	34372	四	𡈼	祭名	
《合補》	10698	四	𡈼	祭名	
《合補》	10703	四	𡈼	祭名	
《屯南》	680	四	𡈼	祭名	武乙
《屯南》	921	四	𡈼	祭名	武乙
《屯南》	974	四	𡈼	祭名	武乙
《屯南》	1009	四	𡈼	祭名	武乙

來源	編號	分期	字型	卜辭義	備註
《屯南》	1116	四	𩩍	祭名	武乙
《屯南》	2272	四	𩩍	祭名	文丁
《屯南》	2322	四	𩩍	祭名	武乙
《屯南》	2322	四	𩩍	祭名	武乙
《屯南》	2487	四	𩩍	祭名	武乙
《屯南》	2860	四	𩩍	祭名	武乙
《屯南》	4178	四	𩩍	祭名	武乙
《懷特》	1576	四	𩩍	祭名	第四期前
《村中南》	408	四	𩩍	祭名	歷組父丁
《屯南》	2980	？	𩩍	祭名	？
《合集》	19906	王	𩩍	祭名	
《合集》	20155	王	𩩍	祭名	
《合集》	20171	王	𩩍	祭名	
《合集》	20174	王	𩩍	祭名	
《合集》	20193	王	𩩍	祭名	
《合集》	20235	王	𩩍	祭名	
《合集》	21229	王	𩩍	祭名	
《合集》	21470	王	𩩍	祭名	
《合集》	40844	王	𩩍	殘辭	
《村中南》	319	王	𩩍	祭名	𠂤組
《村中南》	319	王	𩩍	祭名	𠂤組
《合集》	38232	五	𩩍	祭名	

來源	編號	字型	卜辭義	備註
《花東》	181	𩩍	祭名	
《花東》	183	𩩍	祭名	

3. 鬼

來源	編號	分期	字形	卜辭義	備註
《合集》	1086 反	一	𤠮	鬼神	
《合集》	7153 正	一	𤠮	鬼神	
《合集》	8591	一	𤠮	方國	
《合集》	8592	一	𤠮	方國	
《合集》	8593	一	𤠮	方國	
《合集》	10613 反	一	𤠮	鬼神	

《合集》	12414 反	一	鬼	鬼神	
《合集》	13751 正	一	鬼	鬼神	
《合集》	14273	一	鬼	鬼神	
《合集》	14274	一	鬼	鬼神	
《合集》	14275	一	鬼	鬼神	
《合集》	14276	一	鬼	鬼神	
《合集》	14277	一	鬼	鬼神	
《合集》	14278	一	鬼	鬼神	
《合集》	14279	一	鬼	殘辭	
《合集》	14280	一	鬼	殘辭	
《合集》	14281	一	鬼	殘辭	
《合集》	14282	一	鬼	鬼神	
《合集》	14283 反	一	鬼	殘辭	
《合集》	14284	一	鬼	鬼神	
《合集》	14285	一	鬼	殘辭	
《合集》	14286	一	鬼	鬼神	
《合集》	14290	一	鬼	方國	
《合集》	17443	一	鬼	鬼神	
《合集》	17448	一	鬼	鬼神	
《合集》	17449	一	鬼	鬼神	
《合集》	17450	一	鬼	鬼神	
《合集》	17451	一	鬼	鬼神	
《合補》	767	一	鬼	殘辭	
《合集》	24984	二	鬼	鬼神	
《合集》	24986	二	鬼	鬼神	
《合集》	24987	二	鬼	鬼神	
《合集》	24988	二	鬼	鬼神	
《合集》	24989	二	鬼	鬼神	
《合集》	24990	二	鬼	鬼神	
《合集》	24991	二	鬼	鬼神	
《合集》	24992	二	鬼	鬼神	
《合集》	24994	二	鬼	鬼神	
《合集》	24995	二	鬼	鬼神	
《合集》	24996	二	鬼	鬼神	
《合集》	24997	二	鬼	鬼神	

來源	編號	字型	卜辭義	備註
《合集》	24998	二	𤰀	鬼神	
《合集》	24999	二	𤰀	鬼神	
《合集》	25000	二	𤰀	鬼神	
《合集》	25001	二	𤰀	鬼神	
《合集》	25002	二	𤰀	鬼神	
《合集》	25003	二	𤰀	鬼神	
《合集》	25004	二	𤰀	鬼神	
《合集》	25005	二	𤰀	鬼神	
《合集》	25006	二	𤰀	鬼神	
《合集》	25007	二	𤰀	鬼神	
《合集》	25008	二	𤰀	鬼神	
《合集》	25009	二	𤰀	鬼神	
《合集》	25010	二	𤰀	鬼神	
《合集》	25011	二	𤰀	鬼神	
《合集》	25012	二	𤰀	鬼神	
《合集》	25013	二	𤰀	鬼神	
《合集》	25014	二	𤰀	鬼神	
《合集》	41285	二	𤰀	殘辭	
《合補》	7936	二	𤰀	殘辭	
《合補》	7937	二	𤰀	殘辭	
《懷特》	1073	二	𤰀	鬼神	
《英藏》	2199	二	𤰀	鬼神	
《合集》	34146	四	𤰀	鬼神	
《合集》	34146	四	𤰀	鬼神	
《合補》	10492				《懷特》1650
《屯南》	4338	四	𤰀	鬼神	武乙
《懷特》	1650	四	𤰀	鬼神	《合補》10492
《屯南》	4381	?	𤰀	殘辭	?
《合集》	20757	王	𤰀	方國	
《合集》	22012	王	𤰀	方國	

來源	編號	字型	卜辭義	備註
《花東》	88	𤰀	鬼神	

4. 兄

來　源	編　號	分期	字形	卜辭義	備　註
《合集》	415	一	𝌆	兄弟	
《合集》	570	一	𝌆	兄弟	
《合集》	672 正	一	𝌆	祝祭	
《合集》	892 正	一	𝌆	兄弟	
《合集》	1666	一	𝌆	祝祭	
《合集》	1807	一	𝌆	兄弟	
《合集》	2331	一	𝌆	祝祭	
《合集》	2421	一	𝌆	祝祭	
《合集》	2870	一	𝌆	兄弟	
《合集》	2871	一	𝌆	兄弟	
《合集》	2872	一	𝌆	兄弟	
《合集》	2873	一	𝌆	兄弟	
《合集》	2874	一	𝌆	兄弟	
《合集》	2875 正	一	𝌆	兄弟	
《合集》	2876	一	𝌆	兄弟	
《合集》	2877	一	𝌆	兄弟	
《合集》	2878	一	𝌆	兄弟	
《合集》	2879	一	𝌆	兄弟	
《合集》	2880	一	𝌆	兄弟	
《合集》	2881	一	𝌆	兄弟	
《合集》	2882 正	一	𝌆	兄弟	
《合集》	2883	一	𝌆	兄弟	
《合集》	2884	一	𝌆	兄弟	
《合集》	2885	一	𝌆	兄弟	
《合集》	2886	一	𝌆	兄弟	
《合集》	2887	一	𝌆	兄弟	
《合集》	2888	一	𝌆	兄弟	
《合集》	2889	一	𝌆	兄弟	
《合集》	2890	一	𝌆	兄弟	
《合集》	2891	一	𝌆	兄弟	
《合集》	2892 正	一	𝌆	兄弟	
《合集》	2893 正	一	𝌆	兄弟	

《合集》	2894	一	兄弟	
《合集》	2895	一	兄弟	
《合集》	2896	一	兄弟	
《合集》	2897	一	兄弟	
《合集》	2898	一	兄弟	
《合集》	2899	一	兄弟	
《合集》	2900	一	兄弟	
《合集》	2901	一	兄弟	
《合集》	2902	一	兄弟	
《合集》	2903 反	一	兄弟	
《合集》	2904	一	兄弟	
《合集》	2905	一	兄弟	
《合集》	2906	一	兄弟	
《合集》	2907	一	兄弟	
《合集》	2908	一	兄弟	
《合集》	2909	一	兄弟	
《合集》	2910	一	兄弟	
《合集》	2911	一	兄弟	
《合集》	2912	一	兄弟	
《合集》	2913	一	兄弟	
《合集》	2914	一	兄弟	
《合集》	2915 反	一	兄弟	
《合集》	2916	一	兄弟	
《合集》	2917	一	兄弟	
《合集》	2918	一	兄弟	
《合集》	2919	一	兄弟	
《合集》	2920 正	一	兄弟	
《合集》	2921	一	兄弟	
《合集》	2922	一	兄弟	
《合集》	2923	一	兄弟	
《合集》	2924	一	兄弟	
《合集》	2925	一	兄弟	
《合集》	2926	一	兄弟	
《合集》	2927	一	兄弟	

《合集》	2928	一	兄弟	
《合集》	2929	一	兄弟	
《合集》	2930	一	兄弟	
《合集》	2931	一	兄弟	
《合集》	2932	一	兄弟	
《合集》	2933	一	兄弟	
《合集》	2934	一	兄弟	
《合集》	2935	一	兄弟	
《合集》	2936	一	兄弟	
《合集》	2937	一	兄弟	
《合集》	2938	一	兄弟	
《合集》	2939	一	兄弟	
《合集》	2947 正	一	兄弟	
《合集》	2965	一	兄弟	
《合集》	3043	一	兄弟	
《合集》	3169 正	一	兄弟	
《合集》	3186	一	兄弟	
《合集》	3905	一	祝祭	
《合集》	4116	一	兄弟	
《合集》	4306	一	兄弟	
《合集》	6945	一	兄弟	
《合集》	6945	一	兄弟	
《合集》	8093	一	祝祭	
《合集》	10535	一	兄弟	
《合集》	13646 正	一	兄弟	
《合集》	13926	一	祝祭	
《合集》	14198 正	一	兄弟	
《合集》	15278	一	祝祭	
《合集》	15279	一	祝祭	
《合集》	15280	一	祝祭	
《合集》	15281	一	祝祭	
《合集》	15282	一	祝祭	
《合集》	15283	一	祝祭	
《合集》	15284	一	祝祭	

《合集》	15285	一	𣪊	祝祭	
《合集》	15398	一	𣪊	祝祭	
《合集》	17378	一	𣪊	兄弟	
《合集》	17379	一	𣪊	兄弟	
《合集》	17560 正	一	𣪊	兄弟	
《合集》	19518	一	𣪊	祝祭	
《合集》	40495	一	𣪊	殘辭	
《合補》	467	一	𣪊	兄弟	
《合補》	5767	一	𣪊	兄弟	
《合補》	6388 反	一	𣪊	殘辭	
《合補》	6473	一	𣪊	兄弟	
《懷特》	68	一	𣪊	兄弟	
《懷特》	69	一	𣪊	兄弟	
《懷特》	836	一	𣪊	殘辭	
《懷特》	902	一	𣪊	祝祭	
《懷特》	910	一	𣪊	兄弟	
《懷特》	910	一	𣪊	兄弟	
《合集》	22560	二	𣪊	兄弟	
《合集》	22581	二	𣪊	兄弟	
《合集》	22588	二	𣪊	貞人	
《合集》	22919	二	𣪊	祝祭	
《合集》	22920	二	𣪊	祝祭	
《合集》	22984	二	𣪊	祝祭	
《合集》	23085	二	𣪊	兄弟	
《合集》	23104	二	𣪊	兄弟	
《合集》	23120	二	𣪊	兄弟	
《合集》	23120	二	𣪊	兄弟	
《合集》	23241 正	二	𣪊	兄弟	
《合集》	23245				+《合集》23484＝《合補》7053
《合集》	23270	二	𣪊	兄弟	
《合集》	23331	二	𣪊	兄弟	
《合集》	23351	二	𣪊	兄弟	
《合集》	23354				+《合集》22889＝《合補》7028
《合集》	23430	二	𣪊	貞人	
《合集》	23467	二	𣪊	兄弟	

《合集》	23468	二	𠂤	兄弟	
《合集》	23470	二	𠂤	兄弟	
《合集》	23471	二	𠂤	兄弟	
《合集》	23472	二	𠂤	兄弟	
《合集》	23473	二	𠂤	兄弟	
《合集》	23474	二	𠂤	兄弟	
《合集》	23475	二	𠂤	兄弟	
《合集》	23476	二	𠂤	兄弟	
《合集》	23477	二	𠂤	兄弟	
《合集》	23478	二	𠂤	兄弟	
《合集》	23478	二	𠂤	兄弟	
《合集》	23480	二	𠂤	兄弟	
《合集》	23481	二	𠂤	兄弟	
《合集》	23482	二	𠂤	兄弟	
《合集》	23483	二	𠂤	兄弟	
《合集》	23484				＋《合集》23245＝《合補》7053
《合集》	23485	二	𠂤	兄弟	
《合集》	23486	二	𠂤	兄弟	
《合集》	23487	二	𠂤	兄弟	
《合集》	23488	二	𠂤	兄弟	
《合集》	23489	二	𠂤	兄弟	
《合集》	23490	二	𠂤	兄弟	
《合集》	23491	二	𠂤	兄弟	
《合集》	23492	二	𠂤	兄弟	
《合集》	23493	二	𠂤	兄弟	
《合集》	23494	二	𠂤	兄弟	
《合集》	23494	二	𠂤	兄弟	
《合集》	23495	二	𠂤	兄弟	
《合集》	23496	二	𠂤	兄弟	
《合集》	23498	二	𠂤	兄弟	
《合集》	23499	二	𠂤	兄弟	
《合集》	23500	二	𠂤	兄弟	
《合集》	23501	二	𠂤	兄弟	

《合集》	23502	二	𠂤	兄弟	
《合集》	23503	二	𠂤	兄弟	
《合集》	23504	二	𠂤	兄弟	
《合集》	23506	二	𠂤	兄弟	
《合集》	23507	二	𠂤	兄弟	
《合集》	23508	二	𠂤	兄弟	
《合集》	23509	二	𠂤	兄弟	
《合集》	23510	二	𠂤	兄弟	
《合集》	23511	二	𠂤	兄弟	
《合集》	23512	二	𠂤	兄弟	
《合集》	23513	二	𠂤	兄弟	
《合集》	23514	二	𠂤	兄弟	
《合集》	23515	二	𠂤	兄弟	
《合集》	23516	二	𠂤	兄弟	
《合集》	23517	二	𠂤	兄弟	
《合集》	23519	二	𡆥	貞人	
《合集》	23520	二	𠂤	兄弟	
《合集》	23520	二	𠂤	兄弟	
《合集》	23521	二	𠂤	兄弟	
《合集》	23522	二	𠂤	兄弟	
《合集》	23523	二	𠂤	兄弟	
《合集》	23524	二	𠂤	兄弟	
《合集》	23525	二	𠂤	兄弟	
《合集》	23526	二	𠂤	兄弟	
《合集》	23527	二	𠂤	兄弟	
《合集》	23528	二	𠂤	兄弟	
《合集》	23536	二	𡆥	貞人	
《合集》	23598	二	𡆥	貞人	
《合集》	23599	二	𡆥	貞人	
《合集》	23600	二	𡆥	貞人	
《合集》	23601	二	𡆥	貞人	
《合集》	23697	二	𡆥	貞人	
《合集》	23708	二	𡆥	貞人	
《合集》	23711	二	𡆥	貞人	

《合集》	23712	二	𒀭	貞人	
《合集》	23713	二	𒀭	貞人	
《合集》	23714	二	𒀭	貞人	
《合集》	23717	二	𒀭	貞人	
《合集》	24153	二	𒀭	貞人	
《合集》	24397	二	𒀭	貞人	
《合集》	24402	二	𒀭	祝祭	
《合集》	24412	二	𒀭	貞人	
《合集》	24615	二	𒀭	貞人	
《合集》	24742	二	𒀭	貞人	
《合集》	24798	二	𒀭	貞人	
《合集》	24880	二	𒀭	貞人	
《合集》	24893	二	𒀭	貞人	
《合集》	24936	二	𒀭	貞人	
《合集》	24938	二	𒀭	貞人	
《合集》	24939	二	𒀭	貞人	
《合集》	24940	二	𒀭	貞人	
《合集》	24942	二	𒀭	貞人	
《合集》	24960	二	𒀭	祝祭	
《合集》	24979	二	𒀭	貞人	
《合集》	25054	二	𒀭	祝祭	
《合集》	25174	二	𒀭	祝祭	
《合集》	25175	二	𒀭	祝祭	
《合集》	25248	二	𒀭	兄弟	
《合集》	25454	二	𒀭	貞人	
《合集》	25916	二	𒀭	祝祭	
《合集》	25917	二	𒀭	祝祭	
《合集》	25918	二	𒀭	祝祭	
《合集》	25919	二	𒀭	祝祭	
《合集》	25920	二	𒀭	祝祭	
《合集》	25921	二	𒀭	祝祭	
《合集》	25922	二	𒀭	祝祭	
《合集》	25923	二	𒀭	祝祭	

《合集》	25924	二	祝	祝祭	
《合集》	25925	二	祝	祝祭	
《合集》	25926	二	祝	祝祭	
《合集》	25927	二	祝	祝祭	
《合集》	25951	二	贞	貞人	
《合集》	25454	二	贞	貞人	
《合集》	25916	二	祝	祝祭	
《合集》	25917	二	祝	祝祭	
《合集》	25918	二	祝	祝祭	
《合集》	25919	二	祝	祝祭	
《合集》	25920	二	祝	祝祭	
《合集》	25921	二	祝	祝祭	
《合集》	25922	二	祝	祝祭	
《合集》	25923	二	祝	祝祭	
《合集》	25924	二	祝	祝祭	
《合集》	25925	二	祝	祝祭	
《合集》	25926	二	祝	祝祭	
《合集》	25927	二	祝	祝祭	
《合集》	25951	二	贞	貞人	
《合集》	25454	二	贞	貞人	
《合集》	25916	二	祝	祝祭	
《合集》	25917	二	祝	祝祭	
《合集》	25918	二	祝	祝祭	
《合集》	25919	二	祝	祝祭	
《合集》	25920	二	祝	祝祭	
《合集》	25921	二	祝	祝祭	
《合集》	25922	二	祝	祝祭	
《合集》	25923	二	祝	祝祭	
《合集》	25924	二	祝	祝祭	
《合集》	25925	二	祝	祝祭	
《合集》	25926	二	祝	祝祭	
《合集》	25927	二	祝	祝祭	

《合集》	25951	二	𡿨	貞人	
《合集》	26021	二	𡿨	貞人	
《合集》	26022	二	𡿨	兄弟	
《合集》	26071	二	𡿨	貞人	
《合集》	26539	二	𡿨	貞人	
《合集》	26560	二	𡿨	貞人	
《合集》	26627	二	𡿨	貞人	
《合集》	26628				＋《合集》26630＝《合補》8197
《合集》	26629	二	𡿨	貞人	
《合集》	26629	二	𡿨	貞人	
《合集》	26630				＋《合集》26628＝《合補》8197
《合集》	26631	二	𡿨	貞人	
《合集》	26632	二	𡿨	貞人	
《合集》	26633	二	𡿨	貞人	
《合集》	26634	二	𡿨	貞人	
《合集》	26635				＋《合集》26695＝《合補》8165
《合集》	26636	二	𡿨	貞人	
《合集》	26637	二	𡿨	貞人	
《合集》	26638	二	𡿨	貞人	
《合集》	26639	二	𡿨	貞人	
《合集》	26640	二	𡿨	貞人	
《合集》	26641	二	𡿨	貞人	
《合集》	26641	二	𡿨	貞人	
《合集》	26642	二	𡿨	貞人	
《合集》	26643	二	𡿨	貞人	
《合集》	26644	二	𡿨	貞人	
《合集》	26645	二	𡿨	貞人	
《合集》	26646	二	𡿨	貞人	
《合集》	26647	二	𡿨	貞人	
《合集》	26648	二	𡿨	貞人	
《合集》	26649	二	𡿨	貞人	
《合集》	26650	二	𡿨	貞人	
《合集》	26651	二	𡿨	貞人	
《合集》	26652	二	𡿨	貞人	

《合集》	26653	二	〔字〕	貞人	《合補》8260
《合集》	26654	二	〔字〕	貞人	
《合集》	26655	二	〔字〕	貞人	
《合集》	26656	二	〔字〕	貞人	
《合集》	26657	二	〔字〕	貞人	
《合集》	26658	二	〔字〕	貞人	
《合集》	26659	二	〔字〕	貞人	
《合集》	26660	二	〔字〕	貞人	
《合集》	26661	二	〔字〕	貞人	
《合集》	26677	二	〔字〕	貞人	
《合集》	26678	二	〔字〕	貞人	
《合集》	26679	二	〔字〕	貞人	
《合集》	26680	二	〔字〕	貞人	
《合集》	26681	二	〔字〕	貞人	
《合集》	26682	二	〔字〕	貞人	
《合集》	26683	二	〔字〕	貞人	
《合集》	26684	二	〔字〕	貞人	
《合集》	26685	二	〔字〕	貞人	
《合集》	26686	二	〔字〕	貞人	
《合集》	26687	二	〔字〕	貞人	
《合集》	26688	二	〔字〕	貞人	
《合集》	26689	二	〔字〕	貞人	
《合集》	26690	二	〔字〕	貞人	
《合集》	26691	二	〔字〕	貞人	
《合集》	26692	二	〔字〕	貞人	
《合集》	26693	二	〔字〕	貞人	
《合集》	26694	二	〔字〕	貞人	
《合集》	26695				＋《合集》26635＝《合補》8165
《合集》	26696	二	〔字〕	貞人	
《合集》	26708	二	〔字〕	貞人	
《合集》	26800	二	〔字〕	貞人	
《合集》	26804	二	〔字〕	貞人	
《合集》	26869	二	〔字〕	貞人	
《合集》	26838	二	〔字〕	貞人	

《合集》	26839	二	𝌆	貞人	
《合集》	40911	二	𝌆	貞人	
《合集》	41001	二	𝌆	兄弟	
《合集》	41002	二	𝌆	兄弟	誤刻、時代有誤？不列入統計
《合集》	41003	二	𝌆	兄弟	
《合集》	41004	二	𝌆	兄弟	
《合集》	41005				《英藏》1976
《合集》	41007	二	𝌆	兄弟	
《合集》	41015	二	𝌆	貞人	
《合集》	41234	二	𝌆	貞人	
《合集》	41235	二	𝌆	殘辭	
《合集》	41236	二	𝌆	貞人	
《合補》	7028	二	𝌆	兄弟	《合集》23354＋《合集》22889
《合補》	7051	二	𝌆	兄弟	
《合補》	7053	二	𝌆	兄弟	《合集》23245＋《合集》23484
《合補》	7053	二	𝌆	兄弟	
《合補》	7054				《東大》659
《合補》	7055	二	𝌆	貞人	
《合補》	7056	二	𝌆	貞人	
《合補》	7057	二	𝌆	貞人	
《合補》	7059	二	𝌆	貞人	
《合補》	7060	二	𝌆	貞人	
《合補》	7061	二	𝌆	貞人	
《合補》	7062	二	𝌆	貞人	
《合補》	7063	二	𝌆	貞人	
《合補》	7064	二	𝌆	貞人	
《合補》	7064	二	𝌆	貞人	
《合補》	7066	二	𝌆	貞人	
《合補》	7067	二	𝌆	貞人	
《合補》	7176	二	𝌆	貞人	
《合補》	7581	二	𝌆	殘辭	
《合補》	8165	二	𝌆	貞人	《合集》26635＋《合集》26695
《合補》	8165	二	𝌆	貞人	
《合補》	8165	二	𝌆	貞人	
《合補》	8165	二	𝌆	貞人	

《合補》	8165	二	𒀭	貞人	
《合補》	8165	二	𒀭	貞人	
《合補》	8165	二	𒀭	貞人	
《合補》	8167	二	𒀭	貞人	
《合補》	8193	二	𒀭	貞人	
《合補》	8197	二	𒀭	貞人	《合集》26628＋《合集》26630
《合補》	8197	二	𒀭	貞人	
《合補》	8197	二	𒀭	貞人	
《合補》	8197	二	𒀭	貞人	
《合補》	8197	二	𒀭	貞人	
《合補》	8197	二	𒀭	貞人	
《合補》	8226	二	𒀭	貞人	
《合補》	8258	二	𒀭	貞人	
《合補》	8260	二			《合集》26653
《合補》	8261	二	𒀭	貞人	
《合補》	8261	二	𒀭	貞人	
《懷特》	1026	二	𒀭	祝祭	
《懷特》	1246	二	𒀭	殘辭	
《懷特》	1269	二	𒀭	貞人	第二期早
《懷特》	1269	二	𒀭	貞人	第二期早
《英藏》	1976	二	𒀭	兄弟	《合集》41005
《東大》	659	二	𒀭	貞人	
《合集》	26899	三	𒀭	祝祭	
《合集》	27037	三	𒀭	祝祭	
《合集》	27040	三	𒀭	祝祭	
《合集》	27060	三	𒀭	祝祭	
《合集》	27080	三	𒀭	祝祭	
《合集》	27239	三	𒀭	祝祭	
《合集》	26899	三	𒀭	祝祭	
《合集》	27037	三	𒀭	祝祭	
《合集》	27040	三	𒀭	祝祭	
《合集》	27060	三	𒀭	祝祭	
《合集》	27080	三	𒀭	祝祭	

《合集》	27239	三	𝍱	祝祭	
《合集》	27364	三	𝍱	祝祭	.
《合集》	27445	三	𝍱	祝祭	
《合集》	27453	三	𝍱	祝祭	
《合集》	27456 正	三	𝍱	祝祭	
《合集》	27462	三	𝍱	祝祭	
《合集》	27464	三	𝍱	祝祭	
《合集》	27489	三	𝍱	兄弟	
《合集》	27553	三	𝍱	祝祭	
《合集》	27554	三	𝍱	祝祭	
《合集》	27555	三	𝍱	祝祭	
《合集》	27556	三	𝍱	祝祭	
《合集》	27579	三	𝍱	祝祭	
《合集》	27598	三	𝍱	祝祭	
《合集》	27599	三	𝍱	祝祭	
《合集》	27600	三	𝍱	祝祭	
《合集》	27609	三	𝍱	兄弟	
《合集》	27610	三	𝍱	兄弟	
《合集》	27611	三	𝍱	兄弟	
《合集》	27612	三	𝍱	兄弟	
《合集》	27613	三	𝍱	兄弟	
《合集》	27614	三	𝍱	兄弟	
《合集》	27615	三	𝍱	兄弟	
《合集》	27616	三	𝍱	兄弟	
《合集》	27617	三	𝍱	兄弟	
《合集》	27619	三	𝍱	兄弟	
《合集》	27620	三	𝍱	兄弟	
《合集》	27621	三	𝍱	兄弟	
《合集》	27622	三	𝍱	兄弟	
《合集》	27623	三	𝍱	兄弟	
《合集》	27624	三	𝍱	兄弟	
《合集》	27625	三	𝍱	兄弟	
《合集》	27626	三	𝍱	兄弟	
《合集》	27627	三	𝍱	兄弟	

《合集》	27628	三	兄弟	
《合集》	27629	三	兄弟	
《合集》	27629	三	兄弟	
《合集》	27630	三	兄弟	
《合集》	27631	三	兄弟	
《合集》	27632	三	兄弟	
《合集》	27633	三	兄弟	
《合集》	27634	三	兄弟	
《合集》	27635	三	兄弟	
《合集》	27636	三	兄弟	
《合集》	27796	三	祝祭	
《合集》	27999	三	祝祭	
《合集》	28296	三	祝祭	
《合集》	30358	三	祝祭	
《合集》	30364	三	祝祭	
《合集》	30408	三	祝祭	
《合集》	30418	三	祝祭	
《合集》	30439	三	祝祭	
《合集》	30462	三	祝祭	
《合集》	30464	三	祝祭	
《合集》	30614	三	祝祭	
《合集》	30615	三	祝祭	
《合集》	30616	三	祝祭	
《合集》	30617	三	祝祭	
《合集》	30618	三	祝祭	
《合集》	30619	三	祝祭	
《合集》	30620	三	祝祭	
《合集》	30621	三	祝祭	
《合集》	30622	三	祝祭	
《合集》	30623	三	祝祭	
《合集》	30624	三	祝祭	
《合集》	30625	三	祝祭	
《合集》	30626	三	祝祭	

《合集》	30628	三	𠻸	祝祭	
《合集》	30629	三	𠻸	祝祭	
《合集》	30630	三	𠻸	祝祭	
《合集》	30631	三	𠻸	祝祭	
《合集》	30632	三	𠻸	祝祭	
《合集》	30633	三	𠻸	祝祭	
《合集》	30634	三	𠻸	祝祭	
《合集》	30635	三	𠻸	祝祭	
《合集》	30636	三	𠻸	祝祭	
《合集》	30637	三	𠻸	祝祭	
《合集》	30648	三	𠻸	祝祭	
《合集》	30649	三	𠻸	祝祭	
《合集》	30757	三	𠻸	祝祭	
《合集》	30758	三	𠻸	祝祭	
《合集》	30763	三	𠻸	祝祭	
《合集》	30799	三	𠻸	祝祭	
《合集》	30958	三	𠻸	祝祭	
《合集》	31009	三	𠻸	祝祭	
《合集》	31667	三	𠻸	祝祭	
《合集》	31700	三	𠻸	祝祭	
《合集》	41407	二	𠻸	殘辭	合集斷為第三期。
《合集》	41414	三	𠻸	祝祭	
《合補》	8710	三	𠻸	祝祭	
《合補》	8750	三	𠻸	祝祭	
《合補》	8762	三	𠻸	兄弟	
《合補》	8763	三	𠻸	兄弟	
《合補》	9603	三	𠻸	祝祭	
《合補》	9633	三	𠻸	祝祭	
《合補》	9667	三	𠻸	祝祭	
《合補》	9691	三	𠻸	祝祭	
《合補》	10256	三	𠻸	祝祭	
《合補》	10273	三	𠻸	兄弟	
《合補》	13382	三	𠻸	祝祭	
《屯南》	95	三	𠻸	兄弟	康丁

《屯南》	657	三		兄弟	康丁
《屯南》	696	三		殘辭	康丁
《屯南》	1011	三		兄弟	康丁
《屯南》	2412	三		兄弟	康丁
《屯南》	2412	三		兄弟	康丁
《屯南》	2996	三		兄弟	康丁
《屯南》	70	三		祝祭	康丁
《屯南》	261	三		祝祭	康丁
《屯南》	261	三		祝祭	康丁
《屯南》	324	三		祝祭	康丁
《屯南》	610	三		祝祭	康丁
《屯南》	2069	三		祝祭	康丁
《屯南》	2121	三		祝祭	康丁
《屯南》	2121	三		祝祭	康丁
《屯南》	2146	三		祝祭	康丁
《屯南》	2345	三		祝祭	康丁
《屯南》	2345	三		祝祭	康丁
《屯南》	2349	三		祝祭	康丁
《屯南》	2666	三		祝祭	康丁
《屯南》	2742	三		祝祭	康丁
《屯南》	2844	三		祝祭	康丁
《屯南》	2900	三		祝祭	康丁
《屯南》	2962	三		祝祭	康丁
《屯南》	3001	三		祝祭	康丁
《屯南》	3062	三		祝祭	康丁
《屯南》	3240	三		祝祭	康丁
《懷特》	1302	三		祝祭	
《懷特》	1381	三		祝祭	
《懷特》	1461	三		祝祭	《合補》10641
《村中南》	143	三		祝祭	無名組
《村中南》	238	三		兄弟	無名組
《村中南》	238	三		兄弟	無名組
《村中南》	416	三		祝祭	無名組
《屯南》	152	?		殘辭	康丁—武乙
《屯南》	152	?		祝祭	康丁—武乙

《屯南》	246	?	𒀹	祝祭	康丁—武乙
《屯南》	1065	?	𒀹	祝祭	康丁—武乙
《屯南》	1065	?	𒀹	祝祭	康丁—武乙
《合集》	31993	四	𒀹	兄弟	
《合集》	32346	四	𒀹	祝祭	
《合集》	32347	四	𒀹	祝祭	
《合集》	32390	四	𒀹	祝祭	
《合集》	32418	四	𒀹	祝祭	
《合集》	32527	四	𒀹	祝祭	
《合集》	32528	四	𒀹	祝祭	
《合集》	32563	四	𒀹	祝祭	
《合集》	32654	四	𒀹	祝祭	
《合集》	32671	四	𒀹	祝祭	
《合集》	32689	四	𒀹	祝祭	
《合集》	32723	四	𒀹	祝祭	
《合集》	32729	四	𒀹	兄弟	
《合集》	32730	四	𒀹	兄弟	
《合集》	32731				＋《合集》32767＝《合補》10471
《合集》	32732	四	𒀹	兄弟	
《合集》	32766	四	𒀹	兄弟	
《合集》	32767				＋《合集》32731＝《合補》10471
《合集》	32768	四	𒀹	兄弟	
《合集》	32769	四	𒀹	兄弟	
《合集》	32790	四	𒀹	祝祭	
《合集》	33347	四	𒀹	祝祭	
《合集》	33425	四	𒀹	祝祭	
《合集》	34391	四	𒀹	祝祭	
《合集》	34392	四	𒀹	祝祭	
《合集》	34445	四	𒀹	祝祭	
《合集》	34504	四	𒀹	祝祭	
《合集》	41495	四	𒀹	兄弟	
《合集》	41496	四	𒀹	兄弟	
《合集》	41687	四	𒀹	殘辭	

來源	編號	期	字形	類別	備註
《合補》	10470				《懷特》1564
《合補》	10471	四		兄弟	
《合補》	10471	四		兄弟	《合集》32731＋《合集》32767
《合補》	10641				《懷特》1461，分期
《合補》	10692	四		殘辭	
《合補》	10699	四		祝祭	
《屯南》	101	四		殘辭	武乙
《屯南》	505	四		兄弟	文丁
《屯南》	794	四		殘辭	武乙
《屯南》	2296	四		兄弟	武乙
《屯南》	187	四		祝祭	武乙
《屯南》	187	四		祝祭	武乙
《屯南》	603	四		祝祭	武乙
《屯南》	603	四		祝祭	武乙
《屯南》	603	四		祝祭	武乙
《屯南》	771	四		祝祭	文丁
《屯南》	774	四		祝祭	文丁
《屯南》	1060	四		祝祭	武乙
《屯南》	1060	四		祝祭	武乙
《屯南》	1154	四		祝祭	武乙
《屯南》	2039	四		祝祭	武乙
《屯南》	2122	四		祝祭	武乙
《屯南》	2281	四		祝祭	武乙
《屯南》	2459	四		祝祭	武乙
《屯南》	3006	四		祝祭	文丁
《懷特》	1564	四		兄弟	《合補》10470，第四期後
《懷特》	1568	四		祝祭	第四期後
《村中南》	139	四		祝祭	歷組父丁類
《村中南》	290	四		祝祭	歷組父丁類
《村中南》	427	四		兄弟	歷組父乙類
《合集》	19761	王		兄弟	
《合集》	19775	王		兄弟	
《合集》	19812	王		兄弟	
《合集》	19820	王		祝祭	

《合集》	19849	王	𓀀	祝祭	
《合集》	19852	王	𓀀	祝祭	
《合集》	19874	王	𓀀	兄弟	
《合集》	19890	王	𓀀	祝祭	
《合集》	19907	王	𓀀	兄弟	
《合集》	19921	王	𓀀	祝祭	
《合集》	19964	王	𓀀	兄弟	
《合集》	20007	王	𓀀	兄弟	
《合集》	20008	王	𓀀	兄弟	
《合集》	20009	王	𓀀	兄弟	
《合集》	20010	王	𓀀	兄弟	
《合集》	20011	王	𓀀	兄弟	
《合集》	20012	王	𓀀	兄弟	
《合集》	20013	王	𓀀	兄弟	
《合集》	20014	王	𓀀	兄弟	
《合集》	20015	王	𓀀	兄弟	
《合集》	20016	王	𓀀	兄弟	
《合集》	20017	王	𓀀	兄弟	
《合集》	20018	王	𓀀	兄弟	
《合集》	20019	王	𓀀	兄弟	
《合集》	20020	王	𓀀	兄弟	
《合集》	20055	王	𓀀	兄弟	
《合集》	20440	王	𓀀	祝祭	
《合集》	20443	王	𓀀	兄弟	
《合集》	20462	王	𓀀	兄弟	
《合集》	20543	王	𓀀	兄弟	
《合集》	20952	王	𓀀	祝祭	
《合集》	20966	王	𓀀	祝祭	
《合集》	21037	王	𓀀	祝祭	
《合集》	21522	王	𓀀	祝祭	
《合集》	21586	王	𓀀	兄弟	
《合集》	21729	王	𓀀	兄弟	
《合集》	21923	王	𓀀	兄弟	
《合集》	22013	王	𓀀	兄弟	

《合集》	22064	王	（字形）	兄弟	
《合集》	22075	王	（字形）	兄弟	
《合集》	22137	王	（字形）	祝祭	
《合集》	22138	王	（字形）	祝祭	
《合集》	22196	王	（字形）	兄弟	
《合集》	22272	王	（字形）	兄弟	
《合集》	22273	王	（字形）	兄弟	
《合集》	22274	王	（字形）	兄弟	
《合集》	22288	王	（字形）	兄弟	
《合集》	22289	王	（字形）	兄弟	
《合集》	22290	王	（字形）	兄弟	
《合集》	22312	王	（字形）	兄弟	
《合集》	22351	王	（字形）	祝祭	
《合補》	6591	王	（字形）	祝祭	
《合補》	6776	王	（字形）	兄弟	
《合補》	6776	王	（字形）	殘辭	
《屯南》	2769	王	（字形）	兄弟	𠂤組
《村中南》	478	王	（字形）	兄弟	午組
《村中南》	400	王	（字形）	兄弟	𠂤組
《村中南》	457	王	（字形）	兄弟	午組
《屯南》	3319	？	（字形）	殘辭	？
《屯南》	16	？	（字形）	祝祭	？
《合集》	37283	五	（字形）	兄弟	
《合集》	37386	五	（字形）	祝祭	
《合集》	37468	五	（字形）	祝祭	
《懷特》	1708	五	（字形）	祝祭	

來　源	編　號	字形	卜辭義	備　註
《花東》	6	（字形）	祝祭	
《花東》	7	（字形）	祝祭	
《花東》	8	（字形）	祝祭	
《花東》	13	（字形）	祝祭	
《花東》	13	（字形）	祝祭	
《花東》	13	（字形）	祝祭	

《花東》	13	祝	祝祭	
《花東》	13	祝	祝祭	
《花東》	13	祝	祝祭	
《花東》	17	祝	祝祭	
《花東》	17	祝	祝祭	
《花東》	29	祝	祝祭	
《花東》	29	祝	祝祭	
《花東》	67	祝	祝祭	
《花東》	67	祝	祝祭	
《花東》	123	祝	祝祭	
《花東》	142	祝	祝祭	
《花東》	142	祝	祝祭	
《花東》	142	祝	祝祭	
《花東》	142	祝	祝祭	
《花東》	142	祝	祝祭	
《花東》	161	祝	祝祭	
《花東》	161	祝	祝祭	
《花東》	171	祝	祝祭	
《花東》	175	祝	祝祭	
《花東》	179	祝	祝祭	
《花東》	214	祝	祝祭	
《花東》	214	祝	祝祭	
《花東》	214	祝	祝祭	
《花東》	215	祝	祝祭	
《花東》	236	兄	兄弟	
《花東》	236	兄	兄弟	
《花東》	236	兄	兄弟	
《花東》	236	兄	兄弟	
《花東》	236	兄	兄弟	
《花東》	264	祝	祝祭	
《花東》	267	祝	祝祭	
《花東》	267	祝	祝祭	
《花東》	267	祝	祝祭	
《花東》	291	祝	祝祭	
《花東》	291	祝	祝祭	

來　源	編　號	字形	卜辭義	備　註
《花東》	291	祝	祝祭	
《花東》	319	祝	祝祭	
《花東》	319	祝	祝祭	
《花東》	330	祝	祝祭	
《花東》	350	祝	祝祭	
《花東》	354	祝	祝祭	
《花東》	354	祝	祝祭	
《花東》	372	祝	祝祭	
《花東》	372	祝	祝祭	
《花東》	392	祝	祝祭	
《花東》	428	祝	祝祭	
《花東》	437	祝	祝祭	
《花東》	451	祝	祝祭	
《花東》	452	祝	祝祭	
《花東》	463	祝	祝祭	
《花東》	481	祝	祝祭	

5. 見

來　源	編　號	分期	字形	卜辭義	備　註
《合集》	102	一	見	獻	
《合集》	339	一	見	人名	
《合集》	584甲反	一	見	出現	
《合集》	667反	一	見	時間詞	
《合集》	799	一	見	獻	
《合集》	811反	一	見	時間詞	
《合集》	1027正	一	見	觀見	
《合集》	1526	一	見	獻	
《合集》	2656正	一	見	獻	
《合集》	2657正	一	見	獻	
《合集》	2658	一	見	視察	
《合集》	3100	一	見	獻	
《合集》	3101	一	見	獻	
《合集》	3102＋3103				《合補》457
《合集》	3290	一	見	視察	
《合集》	3303	一	見	殘辭	
《合集》	4009	一	見	殘辭	

《合集》	4356	一	𥄕	視察	
《合集》	4416	一	𥄕	視察	
《合集》	4542	一	𥄕	觀見	
《合集》	4603	一	𥄕	視察	
《合集》	4608	一	𥄕	獻	
《合集》	4892	一	𥄕	視察	
《合集》	5904	一	𥄕	獻	
《合集》	5905	一	𥄕	獻	
《合集》	6167	一	𥄕	視察	
《合集》	6175	一	𥄕	視察	
《合集》	6193	一	𥄕	視察	
《合集》	6193	一	𥄕	視察	
《合集》	6193	一	𥄕	視察	
《合集》	6431	一	𥄕	視察	
《合集》	6649甲反	一	𥄕	時間詞	
《合集》	6740正	一	𥄕	視察	
《合集》	6740正	一	𥄕	視察	
《合集》	6741	一	𥄕	視察	
《合集》	6742	一	𥄕	視察	
《合集》	6743	一	𥄕	視察	
《合集》	6768臼				＋《合集》15521＝《合補》1901
《合集》	6769臼				＋《合集》6702＝《合補》1904
《合集》	6786	一	𥄕	視察	
《合集》	6787	一	𥄕	視察	
《合集》	6788	一	𥄕	視察	
《合集》	6789	一	𥄕	視察	
《合集》	6790	一	𥄕	視察	
《合集》	6797	一	𥄕	出現	
《合集》	6804	一	𥄕	視察	
《合集》	7189正	一	𥄕	出現	
《合集》	7437	一	𥄕	視察	
《合集》	7744	一	𥄕	視察	
《合集》	7745	一	𥄕	視察	
《合集》	7745	一	𥄕	視察	
《合集》	8777	一	𥄕	視察	

《合集》	9267	一	𣦼	人名	
《合集》	12163 反	一	𣦼	時間詞	
《合集》	12236	一	𣦼	殘辭	
《合集》	12466 反	一	𣦼	時間詞	
《合集》	12500	一	𣦼	看見	
《合集》	12977	一	𣦼	時間詞	
《合集》	12984	一	𣦼	時間詞	
《合集》	16313 反	一	𣦼	時間詞	
《合集》	17048 反	一	𣦼	地名	
《合集》	17055 正	一	𣦼	視察	《懷特》959
《合集》	17375	一	𣦼	看見	
《合集》	17450	一	𣦼	出現	
《合集》	17450	一	𣦼	出現	
《合集》	17450	一	𣦼	出現	
《合集》	17668	一	𣦼	獻	
《合集》	19144	一	𣦼	殘辭	
《合集》	19145	一	𣦼	視察	
《合集》	19146 正	一	𣦼	視察	
《合集》	19147	一	𣦼	殘辭	
《合集》	19148	一	𣦼	視察	
《合集》	19149	一	𣦼	視察	
《合集》	19150	一	𣦼	視察	
《合集》	19151	一	𣦼	視察	
《合集》	19152 正	一	𣦼	視察	
《合集》	19152 正	一	𣦼	視察	
《合集》	19153	一	𣦼	視察	
《合集》	19154	一	𣦼	殘辭	
《合集》	19155	一	𣦼	殘辭	
《合集》	19156	一	𣦼	殘辭	
《合集》	19157	一	𣦼	殘辭	
《合集》	19158	一	𣦼	殘辭	
《合集》	19159	一	𣦼	殘辭	
《合集》	19160	一	𣦼	殘辭	
《合集》	19161	一	𣦼	殘辭	
《合集》	19162	一	𣦼	殘辭	

《合集》	19163	一	𓏽	殘辭	
《合集》	19164	一	𓏽	殘辭	
《合集》	19402	一	𓏽	觀見	
《合集》	40220	一	𓏽	殘辭	
《合補》	457	一	𓏽	進獻	《合集》3102＋3103
《合補》	1901 臼	一	𓏽	獻	《合集》6768＋《合集》15521
《合補》	1904 臼	一	𓏽	獻	《合集》6769＋《合集》6702
《合補》	2191	一	𓏽	殘辭	
《合補》	2475	一	𓏽	殘辭	
《合補》	2478	一	𓏽	殘辭	
《合補》	2479	一	𓏽	觀見	
《合補》	2481	一	𓏽	殘辭	
《合補》	6378	一	𓏽	觀見	
《懷特》	398	一	𓏽	殘辭	
《懷特》	603	一	𓏽	殘辭	
《懷特》	754	一	𓏽	殘辭	
《懷特》	937	一	𓏽	殘辭	
《懷特》	959				《合集》17055
《合集》	23709	二	𓏽	人名	
《合集》	23791	二	𓏽	殘辭	
《合集》	24878	二	𓏽	看見	
《合集》	25180	二	𓏽	獻	
《合集》	26205	二	𓏽	出現	
《合補》	7181	二	𓏽	殘辭	
《懷特》	1225	二	𓏽	殘辭	
《合集》	27741	三	𓏽	人名	
《合集》	27744	三	𓏽	殘辭	
《合集》	30989	三	𓏽	看見	
《屯南》	1523	三	𓏽	殘辭	康丁
《屯南》	2328	三	𓏽	視察	康丁
《合集》	33577	四	𓏽	獻	
《屯南》	81	四	𓏽	驗辭	文丁
《屯南》	3032	？	𓏽	殘辭	？
《合集》	19786	王	𓏽	看見	
《合集》	19973	王	𓏽	獻	

來　源	編　號	字形	卜辭義	備　註
《合集》	20391	王	𤕝	觀見	
《合集》	20988	王	𤕝	看見	
《合集》	21236	王	𤕝	殘辭	
《合集》	21424	王	𤕝	獻	
《合集》	21491	王	𤕝	殘辭	
《合集》	22065	王	𤕝	獻	
《合集》	22065	王	𤕝	人名	
《合集》	22436	王	𤕝	獻	

來　源	編　號	字形	卜辭義	備　註
《花東》	7	𤕝	視察	
《花東》	7	𤕝	視察	
《花東》	25	𤕝	殘辭	
《花東》	26	𤕝	獻	
《花東》	26	𤕝	獻	
《花東》	29	𤕝	視察	
《花東》	34	𤕝	獻	
《花東》	37	𤕝	獻	
《花東》	37	𤕝	獻	
《花東》	37	𤕝	獻	
《花東》	37	𤕝	獻	
《花東》	63	𤕝	獻	
《花東》	63	𤕝	獻	
《花東》	81	𤕝	視察	
《花東》	81	𤕝	視察	
《花東》	92	𤕝	獻	
《花東》	102	𤕝	出現	
《花東》	149	𤕝	獻	
《花東》	168	𤕝	視察	
《花東》	183	𤕝	視察	
《花東》	193	𤕝	獻	
《花東》	195	𤕝	獻	
《花東》	202	𤕝	獻	
《花東》	202	𤕝	獻	
《花東》	226	𤕝	獻	

來　源	編　號	字形	卜辭義	備　註
《花東》	237	𤔲	獻	
《花東》	237	𤔲	獻	
《花東》	249	𤔲	獻	
《花東》	249	𤔲	獻	
《花東》	255	𤔲	觀見	
《花東》	259	𤔲	視察	
《花東》	286	𤔲	視察	
《花東》	289	𤔲	視察	
《花東》	290	𤔲	觀見	
《花東》	290	𤔲	觀見	
《花東》	314	𤔲	視察	
《花東》	352	𤔲	視察	
《花東》	352	𤔲	視察	
《花東》	367	𤔲	視察	
《花東》	367	𤔲	視察	
《花東》	367	𤔲	視察	
《花東》	367	𤔲	視察	
《花東》	372	𤔲	殘辭	
《花東》	384	𤔲	視察	
《花東》	391	𤔲	視察	
《花東》	391	𤔲	視察	
《花東》	427	𤔲	獻	
《花東》	451	𤔲	獻	
《花東》	453	𤔲	獻	
《花東》	454	𤔲	觀見	
《花東》	475	𤔲	獻	
《花東》	490	𤔲	獻	
《花東》	490	𤔲	獻	
《花東》	490	𤔲	獻	
《花東》	490	𤔲	獻	
《花東》	502	𤔲	獻	

6. 毓

來　源	編　號	分期	字形	卜辭義	備　註
《合集》	279	一	𡥈	祖先	

《合集》	346	一	𢀜	殘辭	
《合集》	378	一	知	殘辭	
《合集》	517 反	一	知	殘辭	
《合集》	843	一	知	殘辭	
《合集》	1952	一	𢀜	殘辭	
《合集》	2097	一	陟	祖先	
《合集》	2361	一	陟	生產	
《合集》	3105	一	𢀜	殘辭	
《合集》	3201 正	一	知	生產	
《合集》	3201 正	一	知	生產	
《合集》	3410	一	陟	生產	
《合集》	8251 正	一	𡗞	殘辭	
《合集》	10111	一	𨑴	祖先	
《合集》	14021 正	一	知	生產	
《合集》	14021 反	一	知	生產	
《合集》	14059	一	陟	殘辭	
《合集》	14123	一	𡗞	生產	
《合集》	14124	一	陟	殘辭	
《合集》	14125	一	陟	生產	
《合集》	14126	一	知	殘辭	
《合集》	14851	一	陟	祖先	
《合集》	14852	一	𣤵	祖先	
《合集》	14853	一	𣤵	祖先	
《合集》	14856	一	𣤵	祖先	
《合集》	14857	一	𣤵	祖先	
《合集》	14857	一	𣤵	祖先	
《合集》	14858	一	𣤵	祖先	
《合集》	17053	一	𡗞	殘辭	
《合集》	18689	一	𢀜	生產	
《合集》	19066	一	𢀜	殘辭	
《合補》	71	一	𢀜	祖先	
《合補》	1587	一	𢎛	殘辭	
《合補》	2385	一	𢎛	殘辭	
《合補》	4427	一	𢎛	殘辭	
《合補》	6265	一	𢎛	殘辭	

《懷特》	32	一	⿰	殘辭	一期晚至二期早
《合集》	22574	二	⿰	祖先	
《合集》	22621	二	⿰	祖先	
《合集》	22622	二	⿰	祖先	
《合集》	22623	二	⿰	祖先	
《合集》	22625	二	⿰	祖先	
《合集》	22634	二	⿰	祖先	
《合集》	22646	二	⿰	祖先	
《合集》	22647	二	⿰	祖先	
《合集》	22648	二	⿰	祖先	
《合集》	22650	二	⿰	祖先	
《合集》	22650	二	⿰	祖先	
《合集》	22651	二	⿰	祖先	
《合集》	22652	二	⿰	祖先	
《合集》	22654	二	⿰	祖先	
《合集》	22655	二	⿰	祖先	
《合集》	22656	二	⿰	祖先	
《合集》	22657	二	⿰	祖先	
《合集》	22659	二	⿰	祖先	
《合集》	22659	二	⿰	殘辭	
《合集》	22662	二	⿰	祖先	
《合集》	22663	二	⿰	祖先	
《合集》	22666	二	⿰	殘辭	
《合集》	22667	二	⿰	殘辭	
《合集》	22668	二	⿰	祖先	
《合集》	22722	二	⿰	祖先	
《合集》	22733	二	⿰	祖先	
《合集》	22736	二	⿰	祖先	
《合集》	22870	二	⿰	祖先	
《合集》	22932	二	⿰	祖先	
《合集》	22939	二	⿰	祖先	
《合集》	22940	二	⿰	祖先	
《合集》	22943	二	⿰	祖先	
《合集》	22944	二	⿰	祖先	
《合集》	23061	二	⿰	祖先	

《合集》	23137	二	⸸	祖先	
《合集》	23138	二	⸸	祖先	
《合集》	23139	二	⸸	祖先	
《合集》	23140	二	⸸	祖先	
《合集》	23141	二	⸸	祖先	
《合集》	23142	二	⸸	祖先	
《合集》	23143	二	⸸	祖先	
《合集》	23144	二	⸸	祖先	
《合集》	23145	二	⸸	祖先	
《合集》	23146	二	⸸	祖先	
《合集》	23147	二	⸸	祖先	
《合集》	23148	二	⸸	祖先	
《合集》	23149	二	⸸	祖先	
《合集》	23150	二	⸸	祖先	
《合集》	23151	二	⸸	祖先	
《合集》	23152	二	⸸	祖先	
《合集》	23153	二	⸸	殘辭	
《合集》	23154	二	⸸	殘辭	
《合集》	23155	二	⸸	殘辭	
《合集》	23156	二	⸸	殘辭	
《合集》	23157	二	⸸	殘辭	
《合集》	23158	二	⸸	殘辭	
《合集》	23159	二	⸸	祖先	
《合集》	23160	二	⸸	祖先	
《合集》	23161	二	⸸	祖先	
《合集》	23162	二	⸸	祖先	
《合集》	23163	二	⸸	祖先	
《合集》	23163	二	⸸	祖先	
《合集》	23164	二	⸸	祖先	
《合集》	23165	二	⸸	祖先	
《合集》	23166	二	⸸	祖先	
《合集》	23167	二	⸸	祖先	
《合集》	23168	二	⸸	祖先	
《合集》	23169	二	⸸	祖先	
《合集》	23170	二	⸸	祖先	

《合集》	23243	二	昏	殘辭	
《合集》	23326	二	憎	祖先	
《合集》	23518	二	昏	殘辭	
《合集》	24951	二	佮	祖先	
《合集》	25233	二	昏	殘辭	
《合集》	25764	二	昏	殘辭	
《合集》	26044	二	昏	殘辭	
《合集》	26828	二	昏	殘辭	
《合集》	40915	二	昏	祖先	
《合集》	40916	二	昏	祖先	
《合集》	40921	二	查	祖先	
《合集》	40922	二	昏	祖先	
《合集》	40922	二	昏	祖先	
《合集》	40956	二	昏	祖先	
《合集》	41023	二			《英藏》1948
《合集》	41027	二			《英藏》1923
《合補》	7027	二	昏	祖先	
《合補》	7273	二	昏	殘辭	
《懷特》	1015	二	昏	祖先	
《懷特》	1045	二	昏	殘辭	
《懷特》	1057	二	昏	殘辭	
《英藏》	1923	二	查	祖先	
《英藏》	1946	二	昏	祖先	
《英藏》	1948	二	佮	祖先	
《東大》	622	二	昏	祖先	
《合集》	27145	三	查	殘辭	
《合集》	27145	三	查	祖先	
《合集》	27181	三	昏	祖先	
《合集》	27183	三	肖	祖先	
《合集》	27192	三	查	祖先	
《合集》	27243	三	查	殘辭	
《合集》	27308	三	肖	祖先	
《合集》	27316	三	查	祖先	
《合集》	27317	三	肖	祖先	
《合集》	27318	三	查	祖先	

《合集》	27319	三	𢘅	祖先	
《合集》	27320	三	𢘅	祖先	
《合集》	27321	三	𢘅	祖先	上下結構，疑為習刻。
《合集》	27322	三	𢘅	祖先	
《合集》	27358	三	𢘅	祖先	
《合集》	27360	三	𢘅	祖先	
《合集》	27369	三	𢘅	祖先	
《合集》	27377	三	𢘅	祖先	
《合集》	27378	三	𢘅	祖先	
《合集》	27381	三	𢘅	祖先	
《合集》	27703	三	𢘅	殘辭	
《合集》	27456 正	三	𢘅		習刻。
《合集》	27456 正	三	𢘅		習刻。
《合集》	28274	三	𢘅	祖先	
《合集》	30286	三	𢘅	祖先	
《合集》	30810	三	𢘅	祖先	
《合集》	31202	三	𢘅	祖先	
《合集》	31912	三	𢘅	祖先	
《合集》	31913	三	𢘅	殘辭	
《合補》	8734				《懷特》1368＋《懷特》1404
《合補》	8735	三	𢘅	祖先	
《合補》	8736	三	𢘅	祖先	
《合補》	9522	三			《懷特》1369
《屯南》	37	三	𢘅	祖先	康丁
《屯南》	469	三	𢘅	殘辭	康丁
《屯南》	606	三	𢘅	祖先	康丁
《屯南》	1014	三	𢘅	祖先	康丁
《屯南》	1014	三	𢘅	祖先	康丁
《屯南》	2324	三	𢘅	祖先	康丁
《屯南》	2359	三	𢘅	祖先	康丁
《屯南》	2951	三	𢘅	祖先	康丁
《屯南》	3030	三	𢘅	祖先	康丁
《屯南》	3390	三	𢘅	地名	康丁
《屯南》	3390	三	𢘅	地名	康丁
《懷特》	1368＋1404	三	𢘅	祖先	《合補》8734

《懷特》	1369	三	考	祖先	
《懷特》	1369	三	考	祖先	
《英藏》	2261	三	考	祖先	《合集》41320
《英藏》	2269	三	考	祖先	《合集》41490
《屯南》	447	？	考	祖先	康丁—武乙
《屯南》	1094	？	考	祖先	康丁—武乙
《屯南》	1123	？	考	祖先	康丁—武乙
《屯南》	2364	？	考	祖先	康丁—武乙
《屯南》	2365	？	考	祖先	康丁—武乙
《屯南》	3186	？	考	祖先	康丁—武乙
《屯南》	3249	？	考	祖先	康丁—武乙
《屯南》	3629	？	考	祖先	康丁—武乙
《合集》	32113	四	考	祖先	
《合集》	32114				＋《屯南》3673＝《合補》10422
《合集》	32115	四	考	祖先	
《合集》	32315	四	考	祖先	
《合集》	32316	四	考	祖先	
《合集》	32317	四	考	祖先	
《合集》	32517	四	考	祖先	
《合集》	32564	四	考	祖先	
《合集》	32627	四	考	祖先	
《合集》	32628	四	考	祖先	
《合集》	32629	四	考	祖先	
《合集》	32630	四	考	祖先	
《合集》	32631	四	考	祖先	
《合集》	32632	四	考	祖先	
《合集》	32633	四	考	祖先	
《合集》	32634	四	考	祖先	
《合集》	32635	四	考	祖先	
《合集》	32636	四	考	祖先	
《合集》	32637	四	考	祖先	
《合集》	32638	四	考	祖先	
《合集》	32763	四	考	祖先	
《合集》	33359	四	考	祖先	
《合集》	34086	四	考	祖先	

《合集》	34087	四	爱	祖先	
《合集》	41456	四			《英藏》2406
《合補》	10422	四	爱	祖先	《合集》32114＋《屯南》3673
《屯南》	67	四	爱	祖先	武乙
《屯南》	275	四	爱	祖先	武乙
《屯南》	647	四	爱	祖先	武乙
《屯南》	1089	四	爱	祖先	武乙
《屯南》	1091	四	爱	祖先	武乙
《屯南》	1104	四	爱	祖先	武乙
《屯南》	2198	四	爱	祖先	武乙
《屯南》	2366	四	爱	祖先	武乙
《屯南》	2459	四	爱	祖先	武乙
《屯南》	4347	四	爱	祖先	武乙
《英藏》	2406	四	爱	祖先	
《東大》	1257	四	爱	祖先	
《合集》	1249	四	爱	祖先	第四期
《合集》	11225	王			《合集》20689
《合集》	20689	王	爱	殘辭	
《合集》	21786	王	爱	生產	
《合集》	22322	王	爱	生產	
《合集》	22323	王	爱	生產	
《合集》	22323	王	爱	生產	
《合集》	22323	王	爱	生產	
《合集》	22324	王	爱	生產	
《合集》	22396	王	爱	祖先	
《合補》	6860	王	爱	生產	
《合補》	6860	王	爱	生產	
《合集》	35404	五	爱	祖先	
《合集》	35426	五	爱	祖先	
《合集》	35427	五	爱	祖先	＋《合集》37837＝《合補》10944
《合集》	35428	五	爱	殘辭	
《合集》	35430	五	爱	祖先	
《合集》	35431	五	爱	祖先	
《合集》	35436	五	爱	祖先	
《合集》	35437	五	爱	祖先	

《合集》	35437	五	幸	祖先	
《合集》	35438	五	幸	祖先	
《合集》	37835	五	幸	祖先	
《合集》	37836	五	幸	祖先	
《合集》	37841	五	幸	祖先	
《合集》	37843	五	幸	祖先	
《合集》	37844	五	幸	祖先	
《合集》	37850	五	幸	殘辭	
《合集》	37864	五	幸	祖先	
《合集》	37865	五	幸	祖先	
《合集》	38243	五	幸	生產	
《合集》	38244	五	幸	生產	
《合集》	38245	五	幸	生產	
《合集》	41733	五	幸	殘辭	
《合集》	41898	五	幸	殘辭	
《合補》	10944	五			《合集》35427＋《合集》37837
《英藏》	2502	五	幸	祖先	

來　源	編　號	字形	卜辭義	備　註
《花東》	161	幸	祖先	

7. 蔑

來　源	編　號	分期	字形	卜辭義	備　註
《合集》	116	一	蔑	殘辭	
《合集》	250	一	蔑	微小	
《合集》	686	一	蔑	殘辭	
《合集》	970	一	蔑	人名	
《合集》	3481	一	蔑	殘辭	
《合集》	6610 正	一	蔑	祭祀動詞	
《合集》	6611	一	蔑	祭祀動詞	
《合集》	8308	一	蔑	人名	
《合集》	10969 正	一	蔑	祭祀動詞	
《合集》	12843	一	蔑	祭祀動詞	
《合集》	12895	一	蔑	微小	
《合集》	17302	一	蔑	人名	

來源	編號	分期	字形	卜辭義	備註
《合集》	17358	一	𤔲	祭祀動詞	
《合集》	17358	一	𤔲	殘辭	
《合集》	17359 正	一	𤔲	祭祀動詞	
《合集》	18485	一	𤔲	殘辭	
《合補》	4123	一	𤔲	人名	
《合補》	5115 正	一	𤔲	殘辭	
《合集》	24901	二	𤔲	微小	
《合集》	25235	二	𤔲	祭祀動詞	
《合集》	30451	三	𤔲	人名	
《合集》	30452	三	𤔲	殘辭	
《合集》	33960	四	𤔲	微小	
《屯南》	2361	四	𤔲	人名	武乙期
《懷特》	1633	四	𤔲	祭祀動詞	
《合集》	20449	王	𤔲	祭祀動詞	
《合集》	20449	王	𤔲	祭祀動詞	

8. 印

來源	編號	分期	字形	卜辭義	備註
《合集》	797	一	𡧊	句末助詞	
《合集》	798	一	𡧊	句末助詞	
《合集》	799	一	𡧊	句末助詞	
《合集》	800	一	𡧊	句末助詞	
《合集》	802	一	𡧊	句末助詞	
《合集》	4761	一	𡧊	殘辭	
《合集》	8329	一	𡧊	句末助詞	
《合集》	9494	一	𡧊	殘辭	
《合集》	17096	一	𡧊	殘辭	
《合集》	17139	一	𡧊	殘辭	
《合集》	19071	一	𡧊	殘辭	
《合集》	22590	二	𡧊	殘辭	
《合集》	22591	二	𡧊	殘辭	
《懷特》	1507	四	𡧊	殘辭	
《懷特》	1518	四	𡧊	句末助詞	
《合集》	19755	王	𡧊	殘辭	
《合集》	19756	王	𡧊	句末助詞	
《合集》	19756	王	𡧊	殘辭	

《合集》	19757	王	𝄞	句末助詞	
《合集》	19778	王	𝄞	句末助詞	
《合集》	19779	王	𝄞	句末助詞	
《合集》	19780	王	𝄞	句末助詞	
《合集》	19781	王	𝄞	句末助詞	
《合集》	19782	王	𝄞	殘辭	
《合集》	19783	王	𝄞	殘辭	
《合集》	19784	王	𝄞	句末助詞	
《合集》	19785	王	𝄞	句末助詞	
《合集》	19786	王	𝄞	句末助詞	
《合集》	19787	王	𝄞	殘辭	
《合集》	19788	王	𝄞	殘辭	
《合集》	19789	王	𝄞	句末助詞	
《合集》	19792	王	𝄞	殘辭	
《合集》	20407	王	𝄞	殘辭	
《合集》	20411	王	𝄞	句末助詞	
《合集》	20415	王	𝄞	句末助詞	
《合集》	20415	王	𝄞	句末助詞	
《合集》	20427	王	𝄞	句末助詞	
《合集》	20449	王	𝄞	句末助詞	
《合集》	20468	王	𝄞	句末助詞	
《合集》	20638	王	𝄞	殘辭	
《合集》	20717	王	𝄞	句末助詞	
《合集》	20757	王	𝄞	句末助詞	
《合集》	20757	王	𝄞	句末助詞	
《合集》	20769	王	𝄞	句末助詞	
《合集》	20805	王	𝄞	句末助詞	
《合集》	20988	王	𝄞	句末助詞	
《合集》	21022	王	𝄞	句末助詞	
《合集》	21036	王	𝄞	句末助詞	
《合集》	21047	王	𝄞	句末助詞	
《合集》	21534	王	𝄞	句末助詞	
《合集》	21535	王	𝄞	句末助詞	
《合集》	21708	王	𝄞	句末助詞	
《合集》	21708	王	𝄞	句末助詞	

來　源	編　號	字形	卜辭義	備　註
《合集》	21708	王		句末助詞	
《合集》	21710	王		句末助詞	
《合集》	21768	王		句末助詞	
《合集》	21768	王		句末助詞	
《合集》	22065	王		句末助詞	
《合集》	22148	王		殘辭	
《合集》	22149	王		殘辭	
《合集》	22150	王		殘辭	
《合集》	22240	王		人牲	
《合集》	40818			《英藏》1784
《合集》	40879			《英藏》1903
《合補》	6849	王		殘辭	
《屯南》	4310	王		句末助詞	武丁期
《屯南》	4310	王		句末助詞	武丁期
《英藏》	1784	王		句末助詞	《合集》40818
《英藏》	1903	王		句末助詞	《合集》40879
《村中南》	475	王		句末助詞	午組
《合集》	36481 正	五		句末助詞	
《合集》	36508	五		句末助詞	

來　源	編　號	字形	卜辭義	備　註
《花東》	268		殘辭	

9. 妥

來　源	編　號	分期	字形	卜辭義	備　註
《合集》	228	一		人名	
《合集》	587 正	一		人名	
《合集》	945	一		人名	
《合集》	945	一		人名	
《合集》	3175 正	一		人名	
《合集》	3176	一		殘辭	
《合集》	3177	一		殘辭	
《合集》	3178	一		殘辭	
《合集》	3179	一		殘辭	
《合集》	3180	一		人名	

《合集》	3181 正	一	㝭	殘辭	
《合集》	3283	一	㝭	人名	
《合集》	4912	一	㝭	殘辭	《東大》111
《合集》	5578	一	㝭	人名	
《合集》	5658	一	㝭	人名	
《合集》	5658	一	㝭	人名	
《合集》	5658	一	㝭	人名	
《合集》	6947 正	一	㝭	人名	
《合集》	6947 正	一	㝭	人名	
《合集》	7046	一	㝭	殘辭	
《合集》	8621	一	㝭	殘辭	
《合集》	8720 反	一	㝭	地名	
《合集》	8720 反	一	㝭	地名	
《合集》	9075	一	㝭	人名	
《合集》	9075	一	㝭	人名	
《合集》	10936	一	㝭	人名	
《合集》	14003 正	一	㝭	人名	
《合集》	18036	一	㝭	殘辭	
《合集》	40500	一	㝭	殘辭	
《東大》	111				《合集》4912
《合集》	27890	三	㝭	人名	
《合集》	36548	五	㝭	殘辭	
《合集》	36966	五	㝭	殘辭	
《合集》	20038	王	㝭	人名	
《合集》	20039	王	㝭	人名	
《合集》	20578	王	㝭	人名	
《合集》	21562	王	㝭	婦名	
《合集》	21628	王	㝭	婦名	
《合集》	21727	王	㝭	婦名	
《合集》	21793	王	㝭	婦名	《合補》6823
《合集》	21793	王	㝭	婦名	
《合集》	22135	王	㝭		疑誤刻
《合集》	22147	王	㝭	人名	
《合補》	6823				《合集》21793
《屯南》	4514	王	㝭	人名	武丁
《村中南》	511	？	㝭	人名	？

10. 妫

來　源	編　號	分期	字形	卜辭義	備　註
《合集》	181	一	妫	生男	
《合集》	376 正	一	妫	生男	
《合集》	376 正	一	妫	生男	
《合集》	585 正	一	妫	生男	
《合集》	585 正	一	妫	生男	
《合集》	585 正	一	妫	生男	
《合集》	641 正	一	妫	生男	
《合集》	663	一	妫	生男	
《合集》	717 正	一	妫	生男	
《合集》	717 正	一	妫		
《合集》	974 反	一	妫	生男	
《合集》	991 正	一	妫	生男	
《合集》	991 正	一	妫	生男	
《合集》	1773 正	一	妫	生男	
《合集》	1854	一	妫	生男	
《合集》	2195 正	一	妫	生男	
《合集》	2262	一	妫	生男	
《合集》	2341	一	妫	生男	《合集》14095
《合集》	4726	一	妫	生男	
《合集》	6159 正	一	妫	生男	
《合集》	6905 正	一	妫	生男	
《合集》	6948 正	一	妫	生男	《合補》5121
《合集》	6948 正	一	妫	生男	
《合集》	7081 反	一	妫	生男	
《合集》	10936 正	一	妫	生男	
《合集》	10982 反	一	妫	生男	
《合集》	12877 反	一	妫	生男	
《合集》	13720	一	妫	生男	
《合集》	13996	一	妫	生男	
《合集》	13997	一	妫	生男	
《合集》	13998	一	妫	生男	
《合集》	13999	一	妫	生男	
《合集》	14000	一	妫	生男	

《合集》	14001 正	一	娩	生男	
《合集》	14001 正	一	娩	生男	
《合集》	14001 正	一	娩	生男	
《合集》	14001 正	一	娩	生男	
《合集》	14001 正	一	娩	生男	
《合集》	14002 正	一	娩	生男	
《合集》	14002 正	一	娩	生男	
《合集》	14002 正	一	娩	生男	
《合集》	14002 反	一	娩	生男	
《合集》	14003 正	一	娩	生男	
《合集》	14003 正	一	娩	生男	
《合集》	14003 反	一	娩	生男	
《合集》	14005	一	娩	生男	
《合集》	14006 正	一	娩	生男	
《合集》	14007	一	娩	生男	
《合集》	14008 正	一	娩	生男	
《合集》	14009 正	一	娩	生男	
《合集》	14009 正	一	娩	生男	
《合集》	14009 正	一	娩	生男	
《合集》	14009 反	一	娩	生男	《合集》14043
《合集》	14010 正	一	娩	生男	
《合集》	14010 反	一	娩	生男	
《合集》	14011 正	一	娩	生男	
《合集》	14012	一	娩	生男	
《合集》	14014	一	娩	生男	
《合集》	14015 正	一	娩	生男	
《合集》	14016	一	娩	生男	
《合集》	14017 正	一	娩	生男	
《合集》	14018	一	娩	生男	
《合集》	14019 正	一	娩	生男	
《合集》	14019 正	一	娩	生男	
《合集》	14019 正	一	娩	生男	
《合集》	14020	一	娩	生男	

《合集》	14021 正	一	媷	生男	
《合集》	14021 正	一	媷	生男	
《合集》	14021 反	一	媷	生男	
《合集》	14022 正	一	媷	生男	
《合集》	14022 正	一	媷	生男	
《合集》	14022 反	一	媷	生男	
《合集》	14023	一	媷	生男	
《合集》	14024	一	媷	生男	
《合集》	14025	一	媷	生男	
《合集》	14026	一	媷	生男	
《合集》	14027	一	媷	生男	
《合集》	14028	一	媷	生男	
《合集》	14029	一	媷	生男	
《合集》	14030	一	媷	生男	
《合集》	14031	一	媷	生男	
《合集》	14032 正甲	一	媷	生男	
《合集》	14032 正乙	一	媷	生男	
《合集》	14032 反乙	一	媷	生男	
《合集》	14033 正	一	媷	生男	
《合集》	14033 正	一	媷	生男	
《合集》	14034 正	一	媷	生男	
《合集》	14034 正	一	媷	生男	
《合集》	14034 正	一	媷	生男	
《合集》	14035 正甲	一	媷	生男	
《合集》	14035 正丙	一	媷	生男	
《合集》	14035 正丙	一	媷	生男	
《合集》	14035 反丙	一	媷	生男	
《合集》	14036	一	媷	生男	
《合集》	14037	一	㚻	生男	
《合集》	14038	一	媷	生男	
《合集》	14039 反	一	媷	生男	
《合集》	14040	一	媷	生男	
《合集》	14041	一	媷	生男	
《合集》	14042 正	一	媷	生男	＋《合補》385＝《拼合》323
《合集》	14043	一			《合集》14009 反

《合集》	14044	一	㛯	生男	
《合集》	14045	一	㛯	生男	
《合集》	14046	一	㛯	生男	
《合集》	14047	一	㛯	生男	
《合集》	14048	一	㛯	生男	
《合集》	14049	一	㛯	生男	
《合集》	14050	一	㛯	生男	
《合集》	14052	一	㛯	生男	
《合集》	14053	一	㛯	生男	
《合集》	14054	一	㛯	生男	
《合集》	14056 反	一	㛯	生男	
《合集》	14057 正	一	㛯	生男	
《合集》	14058	一	㛯	生男	
《合集》	14059	一	㛯	生男	
《合集》	14060 正	一	㛯	生男	
《合集》	14060 反	一	㛯	生男	
《合集》	14061	一	㛯	生男	
《合集》	14062	一	㛯	生男	
《合集》	14062	一	㛯	生男	
《合集》	14064	一	㛯	生男	
《合集》	14065	一	㛯	生男	
《合集》	14067	一	㛯	生男	
《合集》	14068	一	㛯	生男	
《合集》	14068	一	㛯	生男	
《合集》	14069	一	㛯	生男	
《合集》	14070	一	㛯	生男	
《合集》	14072	一	㛯	生男	
《合集》	14073	一	㛯	生男	
《合集》	14075	一	㛯	生男	
《合集》	14076 正	一	㛯	生男	
《合集》	14077	一	㛯	生男	
《合集》	14078	一	㛯	生男	
《合集》	14079	一	㛯	生男	
《合集》	14080	一	㛯	生男	
《合集》	14080	一	㛯	生男	

《合集》	14081	一	娥	生男	
《合集》	14082	一	娥	生男	
《合集》	14083	一	娥	生男	
《合集》	14084	一	娥	生男	
《合集》	14085	一	娥	生男	
《合集》	14086	一	娥	生男	
《合集》	14087	一	娥	生男	《合補》4031
《合集》	14088 正	一	娥	生男	
《合集》	14089	一	娥	生男	
《合集》	14090	一	娥	生男	
《合集》	14091	一	娥	生男	
《合集》	14092	一	娥	生男	
《合集》	14093	一	娥	生男	
《合集》	14094	一	娥	生男	
《合集》	14094	一	娥	生男	
《合集》	14094	一	娥	生男	
《合集》	14095				《合集》2341
《合集》	14096	一	娥	生男	
《合集》	14097	一	娥	生男	
《合集》	14098	一	娥	生男	
《合集》	14099	一	娥	生男	
《合集》	14100	一	娥	生男	
《合集》	14101	一	娥	生男	
《合集》	14102	一	娥	生男	
《合集》	14103	一	娥	生男	
《合集》	14104	一	娥	生男	
《合集》	14105	一	娥	生男	
《合集》	14107 正	一	娥	生男	
《合集》	14107 反	一	娥	生男	
《合集》	14108	一	娥	生男	
《合集》	14109 正	一	娥	生男	
《合集》	14110	一	娥	生男	
《合集》	14111	一	娥	生男	
《合集》	14112	一	娥	生男	
《合集》	14113 正	一	娥	生男	

《合集》	14114	一	㛗	生男	
《合集》	14128 正	一	㛗	生男	
《合集》	14314	一	㛗	生男	
《合集》	14314	一	㛗	生男	
《合集》	15674				＋《合集》1137＝《合補》3799
《合集》	16670	一	㛗	生男	
《合集》	17201				《東大》1075、《合補》2420
《合集》	39661	一	㛗	生男	
《合集》	40383				《英藏》164
《合補》	1708	一	㛗	生男	
《合補》	2420				《合集》17201＝《東大》1075a
《合補》	2832 正	一	㛗	生男	
《合補》	3799	一	㛗	生男	《合集》15674＋《合集》1137
《合補》	4031				《合集》14087
《合補》	5121				《合集》6948＋《合集》6949
《合補》	6402 正	一	㛗	生男	
《懷特》	485	一	㛗	生男	
《懷特》	492 正	一	㛗	生男	
《懷特》	494	一	㛗	生男	
《懷特》	495	一	㛗	生男	
《懷特》	499	一	㛗	生男	
《英藏》	164	一	㛗	生男	《合集》40383
《英藏》	1120	一	㛗	生男	
《英藏》	1121	一	㛗	生男	
《東大》	562	一	㛗	生男	
《東大》	1075a	一	㛗	生男	《合集》17201＝《合補》2420
《懷特》	1262	二	㛗	生男	二期早
《懷特》	1262	二	㛗	生男	二期早
《合集》	30032	三	㛗	生男	
《合集》	33352 正	四	㛗	生男	
《合集》	33357	四	㛗	生男	
《懷特》	1515	四	㛗	生男	
《合集》	20057	王	㛗	生男	
《合集》	20472	王	㛗	生男	
《合集》	21066	王	㛗	生男	
《合集》	21069	王	㛗	生男	

《合集》	21070	王	娩	生男	
《合集》	21071	王	娩	生男	
《合集》	21071	王	娩	生男	
《合集》	21072	王	娩	生男	
《合集》	21786	王	娩	生男	
《合集》	21786	王	娩	生男	
《合集》	21787	王	娩	生男	
《合集》	21788				《合補》6823
《合集》	21789	王	娩	生男	
《合集》	21790	王	娩	生男	
《合集》	21792	王	娩	生男	
《合集》	22102	王	娩	生男	
《合集》	22102	王	娩	生男	
《合集》	22102	王	娩	生男	
《合集》	22102	王	娩	生男	
《合集》	22102	王	娩	生男	
《合集》	22102	王	娩	生男	
《合集》	22102	王	娩	生男	
《合集》	22102	王	娩	生男	
《合集》	22246	王	娩	生男	
《合集》	22247	王	娩	生男	
《合集》	22397	王	娩	生男	
《合集》	40889	王	娩	生男	
《合集》	40889	王	娩	生男	
《合集》	40889	王	娩	生男	
《合補》	6823	王	娩	生男	《合集》21788
《合補》	6860	王	娩	生男	
《合補》	6860	王	娩	生男	
《合補》	6860	王	娩	生男	
《英藏》	1856	王	娩	生男	
《合集》	37855	五	娩	生男	
《合集》	38243	五	娩	生男	
《合集》	38244	五	娩	生男	
《屯南》	附 22	?	娩	生男	
《村中南》	附 2-1	?	娩	生男	

來　源	編號	字　形	卜辭義	備　註
《花東》	87	𡥈	生男	
《花東》	100	𡥈	生男	
《花東》	288	𡥈	生男	
《花東》	480	𡥈	生男	

11. 艱

來　源	編　號	分期	字形	卜辭義	備　註
《合集》	63 正	一	𮉣	凶咎	
《合集》	137 正	一	𮉣	凶咎	
《合集》	137 正	一	𮉣	凶咎	
《合集》	137 反	一	𮉣	凶咎	
《合集》	140 正	一	𮉣	凶咎	
《合集》	199 正	一	𮉣	凶咎	
《合集》	367 正	一	𮉣	凶咎	
《合集》	367 反	一	𮉣	凶咎	
《合集》	557	一	𮉣	凶咎	
《合集》	557	一	𮉣	凶咎	
《合集》	583 反				＋《合集》7139＝《合補》4923
《合集》	584 甲正	一	𮉣	凶咎	
《合集》	584 甲正	一	𮉣	凶咎	
《合集》	584 乙反	一	𮉣	凶咎	
《合集》	594 正	一	𮉣	殘辭	
《合集》	672 正	一	𮉣	凶咎	
《合集》	672 正	一	𮉣	凶咎	
《合集》	685 正	一	𮉣	凶咎	
《合集》	698 正	一	𮉣	凶咎	
《合集》	698 正	一	𮉣	凶咎	
《合集》	716 正	一	𮉣	凶咎	
《合集》	716 正	一	𮉣	凶咎	
《合集》	716 正	一	𮉣	凶咎	
《合集》	716 反	一	𮉣	凶咎	
《合集》	1075 正	一	𮉣	凶咎	
《合集》	1075 正	一	𮉣	凶咎	
《合集》	1075 反	一	𮉣	凶咎	

《合集》	1306	一	𤫊	凶咎	
《合集》	2837	一	𤫊	凶咎	
《合集》	2837	一	𤫊	凶咎	
《合集》	2925	一	𤫊	殘辭	
《合集》	3006	一	𤫊	凶咎	
《合集》	3122	一	𤫊	凶咎	
《合集》	4041 反	一	𤫊	凶咎	
《合集》	4288 反	一	𤫊	凶咎	
《合集》	4307 反	一	𤫊	凶咎	
《合集》	4518 反	一	𤫊	凶咎	
《合集》	4606	一	𤫊	殘辭	
《合集》	5532 正	一	𤫊	凶咎	
《合集》	5532 正	一	𤫊	凶咎	
《合集》	5576 正	一	𤫊	凶咎	
《合集》	6042 正	一	𤫊	凶咎	
《合集》	6057 正	一	𤫊	凶咎	
《合集》	6057 正	一	𤫊	凶咎	
《合集》	6057 正	一	𤫊	凶咎	
《合集》	6057 正	一	𤫊	凶咎	
《合集》	6057 正	一	𤫊	凶咎	
《合集》	6057 正	一	𤫊	凶咎	
《合集》	6057 反	一	𤫊	凶咎	
《合集》	6057 反	一	𤫊	凶咎	
《合集》	6060 正	一	𤫊	凶咎	
《合集》	6063 正	一	𤫊	凶咎	
《合集》	6063 正	一	𤫊	凶咎	
《合集》	6064 正	一	𤫊	凶咎	
《合集》	6065				《合補》1767
《合集》	6067				《合補》1819
《合集》	6068 反	一	𤫊	凶咎	
《合集》	6374	一	𤫊	凶咎	
《合集》	6379 反	一	𤫊	凶咎	
《合集》	6649 甲反	一	𤫊	凶咎	
《合集》	6668 正	一	𤫊	凶咎	
《合集》	6668 正	一	𤫊	凶咎	

《合集》	6668 正	一	𣦵	凶咎	
《合集》	6669	一	𣦵	凶咎	
《合集》	6670	一	𣦵	凶咎	
《合集》	6778 正	一	𣦵	殘辭	
《合集》	7050	一	𣦵	凶咎	
《合集》	7085	一	𣦵	凶咎	
《合集》	7086	一	𣦵	凶咎	
《合集》	7087	一	𣦵	凶咎	
《合集》	7089	一	𣦵	凶咎	
《合集》	7090	一	𣦵	凶咎	
《合集》	7091 正	一	𣦵	凶咎	
《合集》	7092	一	𣦵	凶咎	
《合集》	7093	一	𣦵	凶咎	
《合集》	7094	一	𣦵	凶咎	
《合集》	7095	一	𣦵	凶咎	
《合集》	7096 正	一	𣦵	凶咎	
《合集》	7096 反	一	𣦵	凶咎	
《合集》	7097 正	一	𣦵	凶咎	
《合集》	7098	一	𣦵	凶咎	
《合集》	7098	一	𣦵	凶咎	
《合集》	7099 正	一	𣦵	凶咎	
《合集》	7100	一	𣦵	凶咎	
《合集》	7102	一	𣦵	凶咎	
《合集》	7102	一	𣦵	殘辭	
《合集》	7118	一	𣦵	凶咎	
《合集》	7118	一	𣦵	凶咎	
《合集》	7119	一	𣦵	凶咎	
《合集》	7124	一	𣦵	凶咎	
《合集》	7125	一	𣦵	凶咎	
《合集》	7125	一	𣦵	凶咎	
《合集》	7126	一	𣦵	凶咎	
《合集》	7127	一	𣦵	凶咎	
《合集》	7131	一	𣦵	凶咎	
《合集》	7133	一	𣦵	凶咎	
《合集》	7134	一	𣦵	凶咎	

《合集》	7135 正	一	㛸	凶咎	
《合集》	7136 正	一	㛸	凶咎	
《合集》	7137	一	㛸	凶咎	
《合集》	7138	一	㛸	凶咎	
《合集》	7139				＋《合集》583＝《合補》4923
《合集》	7140	一	㛸	凶咎	
《合集》	7141	一	㛸	凶咎	
《合集》	7142 反	一	㛸	凶咎	
《合集》	7143 正	一	㛸	凶咎	
《合集》	7143 反	一	㛸	凶咎	
《合集》	7144 正	一	㛸	凶咎	
《合集》	7144 反	一	㛸	殘辭	
《合集》	7145	一	㛸	殘辭	
《合集》	7145	一	㛸	凶咎	
《合集》	7146 反	一	㛸	凶咎	
《合集》	7147 正	一	㛸	凶咎	
《合集》	7147 正	一	㛸	凶咎	
《合集》	7149 正	一	㛸	凶咎	
《合集》	7149 正	一	㛸	凶咎	
《合集》	7150 反	一	㛸	凶咎	
《合集》	7152 正	一	㛸	凶咎	
《合集》	7153 正	一	㛸	凶咎	
《合集》	7155	一	㛸	凶咎	
《合集》	7156 反	一	㛸	凶咎	
《合集》	7157 反	一	㛸	凶咎	
《合集》	7158	一	㛸	凶咎	
《合集》	7159 反	一	㛸	凶咎	
《合集》	7160 反	一	㛸	凶咎	
《合集》	7161 正	一	㛸	凶咎	
《合集》	7162 反	一	㛸	凶咎	
《合集》	7163	一	㛸	凶咎	
《合集》	7164 反	一	㛸	凶咎	
《合集》	7165 反	一	㛸	凶咎	
《合集》	7166	一	㛸	凶咎	
《合集》	7167	一	㛸	凶咎	

《合集》	7168	一	兇	凶咎	
《合集》	7169	一	兇	凶咎	
《合集》	7170 反	一	兇	凶咎	
《合集》	7171 反	一	兇	凶咎	
《合集》	7172	一	兇	凶咎	
《合集》	7173	一	兇	凶咎	
《合集》	7174	一	兇	凶咎	
《合集》	7175 正	一	兇	凶咎	
《合集》	7176	一	兇	凶咎	
《合集》	7177 正	一	兇	凶咎	
《合集》	7178	一	兇	殘辭	
《合集》	7179	一	兇	凶咎	
《合集》	7180	一	兇	凶咎	
《合集》	7180	一	兇	凶咎	
《合集》	7181	一	兇	凶咎	
《合集》	7182	一	兇	凶咎	
《合集》	7183 反	一	兇	凶咎	
《合集》	7184	一	兇	凶咎	
《合集》	7185	一	兇	凶咎	
《合集》	7186	一	兇	凶咎	
《合集》	7187 正	一	兇	凶咎	
《合集》	7188	一	兇	凶咎	
《合集》	7189 正	一	兇	凶咎	
《合集》	7190	一	兇	凶咎	
《合集》	7191	一	兇	凶咎	
《合集》	7192	一	兇	凶咎	
《合集》	7193	一	兇	凶咎	
《合集》	7194	一	兇	凶咎	
《合集》	7195	一	兇	凶咎	
《合集》	7195	一	兇	凶咎	
《合集》	7196	一	兇	凶咎	《合補》5078＝《東大》1057
《合集》	7197	一	兇	凶咎	
《合集》	7198	一	兇	凶咎	
《合集》	7199	一	兇	凶咎	
《合集》	7200	一	兇	凶咎	

《合集》	7201	一	𤔲	凶咎	
《合集》	7427 正	一	𤔲	凶咎	
《合集》	7427 正	一	𤔲	凶咎	
《合集》	7695 反	一	𤔲	凶咎	
《合集》	8113	一	𤔲	凶咎	
《合集》	8144	一	𤔲	凶咎	
《合集》	8613	一	𤔲	凶咎	
《合集》	8812 反	一	𤔲	凶咎	
《合集》	8856	一	𤔲	凶咎	
《合集》	10171 反	一	𤔲	凶咎	
《合集》	10346	一	𤔲	凶咎	
《合集》	10405 正	一	𤔲	凶咎	
《合集》	10405 反	一	𤔲	凶咎	
《合集》	11460 甲正	一	𤔲	凶咎	
《合集》	11460 反	一	𤔲	凶咎	
《合集》	11503 反	一	𤔲	凶咎	
《合集》	12898 正	一	𤔲	凶咎	
《合集》	12898 反	一	𤔲	凶咎	
《合集》	13243 反	一	𤔲	凶咎	
《合集》	13537 正	一	𤔲	凶咎	
《合集》	14006 正	一	𢓊	人名	
《合集》	14288	一	𤔲	凶咎	
《合集》	14469 反	一	𤔲	凶咎	
《合集》	16878 反	一	𤔲	凶咎	
《合集》	17078 反	一	𤔲	殘辭	
《合集》	17098	一	𤔲	凶咎	
《合集》	18798	一	𤔲	凶咎	
《合集》	39944				《英藏》637
《合集》	39945				《英藏》649
《合集》	39946	一	𤔲	凶咎	
《合集》	39947				《英藏》635
《合集》	39948				《英藏》1848
《合集》	39949 正				《英藏》646
《合集》	39950				《英藏》638
《合集》	39951	一	𤔲	殘辭	
《合補》	1767	一	𤔲	凶咎	《合集》6065

《合補》	1819 正	一	𡆥	凶咎	《合集》6067
《合補》	3966	一	𡆥	凶咎	
《合補》	4923	一	𡆥	凶咎	《合集》583＋《合集》7139
《合補》	4923	一	𡆥	凶咎	
《合補》	4923	一	𡆥	凶咎	
《合補》	4923	一	𡆥	凶咎	
《合補》	4923	一	𡆥	凶咎	
《合補》	5075	一	𡆥	凶咎	
《合補》	5076 反	一	𡆥	凶咎	
《合補》	5077 正				《東大》392
《合補》	5078				《合集》7196＝《東大》1057
《合補》	5079	一	𡆥	凶咎	
《合補》	5085	一	𡆥	凶咎	
《合補》	5086	一	𡆥	凶咎	
《合補》	5087	一	𡆥	凶咎	
《懷特》	939	一	𡆥	凶咎	
《懷特》	945	一	𡆥	凶咎	
《懷特》	946	一	𡆥	凶咎	
《英藏》	85	一	𡆥	殘辭	
《英藏》	635 正	一	𡆥	凶咎	《合集》39947
《英藏》	635 正	一	𡆥	凶咎	
《英藏》	635 反	一	𡆥	凶咎	
《英藏》	636 反	一	𡆥	凶咎	
《英藏》	637 正	一	𡆥	凶咎	《合集》39944
《英藏》	637 正	一	𡆥	凶咎	
《英藏》	638 正	一	𡆥	凶咎	《合集》39950
《英藏》	639	一	𡆥	凶咎	
《英藏》	646 正	一	𡆥	凶咎	《合集》39949 正
《英藏》	647	一	𡆥	凶咎	
《英藏》	648	一	𡆥	凶咎	
《英藏》	649	一	𡆥	凶咎	《合集》39945
《英藏》	650 反	一	𡆥	凶咎	
《英藏》	651 正	一	𡆥	凶咎	
《英藏》	849 反	一	𡆥	凶咎	
《東大》	129	一	𡆥	凶咎	

《東大》	388b	一	𤉙	凶咎	
《東大》	389b	一	𤉙	凶咎	
《東大》	391b	一	𤉙	凶咎	
《東大》	392a	一	𤉙	凶咎	《合補》5077 正
《東大》	401b	一	𤉙	凶咎	
《東大》	403a	一	𤉙	凶咎	
《東大》	578	一	𤉙	凶咎	
《東大》	1057				《合集》7196＝《合補》5078
《合集》	22537	二	𤉙	凶咎	
《合集》	22577	二	𤉙	凶咎	
《合集》	23805	二	𤉙	凶咎	
《合集》	24146	二	𤉙	凶咎	
《合集》	24147	二	𤉙	凶咎	
《合集》	24149	二	𤉙	凶咎	
《合集》	24150	二	𤉙	凶咎	
《合集》	24150	二	𤉙	凶咎	
《合集》	24151	二	𤉙	凶咎	
《合集》	24153	二	𤉙	凶咎	
《合集》	24153	二	𤉙	凶咎	
《合集》	24158	二	𤉙	凶咎	
《合集》	24159	二	𤉙	凶咎	
《合集》	24159	二	𤉙	凶咎	
《合集》	24160	二	𤉙	凶咎	
《合集》	24161	二	𤉙	凶咎	
《合集》	24161	二	𤉙	凶咎	
《合集》	24162	二	𤉙	凶咎	
《合集》	24163	二	𤉙	凶咎	
《合集》	24165	二	𤉙	凶咎	
《合集》	24166	二	𤉙	凶咎	
《合集》	24167	二	𤉙	凶咎	
《合集》	24168	二	𤉙	凶咎	
《合集》	24170	二	𤉙	凶咎	
《合集》	24171	二	𤉙	凶咎	
《合集》	24171	二	𤉙	凶咎	
《合集》	24172	二	𤉙	凶咎	

《合集》	24173	二	𢼸	凶咎	
《合集》	24174	二	𢼸	凶咎	
《合集》	24175	二	𢼸	凶咎	
《合集》	24176	二	𢼸	凶咎	
《合集》	24177	二	𢼸	凶咎	
《合集》	24179	二	𢼸	凶咎	
《合集》	24180	二	𢼸	凶咎	
《合集》	24181	二	𢼸	凶咎	
《合集》	24182	二	𢼸	凶咎	
《合集》	24183	二	𢼸	凶咎	
《合集》	24184	二	𢼸	凶咎	
《合集》	24185	二	𢼸	凶咎	
《合集》	24186	二	𢼸	凶咎	
《合集》	24187	二	𢼸	凶咎	
《合集》	24188	二	𢼸	凶咎	
《合集》	24189	二	𢼸	凶咎	
《合集》	24190	二	𢼸	凶咎	
《合集》	24191	二	𢼸	凶咎	
《合集》	24192	二	𢼸	凶咎	
《合集》	24193	二	𢼸	凶咎	
《合集》	24194	二	𢼸	凶咎	
《合集》	24195	二	𢼸	凶咎	
《合集》	24196	二	𢼸	凶咎	
《合集》	24197	二	𢼸	凶咎	
《合集》	24198	二	𢼸	凶咎	
《合集》	24199	二	𢼸	凶咎	
《合集》	24200	二	𢼸	凶咎	
《合集》	24201	二	𢼸	凶咎	
《合集》	24202	二	𢼸	凶咎	
《合集》	24203	二	𢼸	凶咎	
《合集》	24204	二	𢼸	凶咎	
《合集》	24206	二	𢼸	凶咎	
《合集》	24208	二	𢼸	凶咎	
《合集》	24209	二	𢼸	凶咎	
《合集》	24210	二	𢼸	凶咎	

來源	編號		字形	卜辭義	備註
《合集》	24211	二	𦰩	凶咎	
《合集》	24212	二	𦰩	凶咎	
《合集》	24213	二	𦰩	凶咎	
《合集》	24214	二	𦰩	凶咎	
《合集》	24215	二	𦰩	凶咎	
《合集》	25345	二	𦰩	殘辭	
《合集》	41068				《英藏》2034
《合集》	41069	二	𦰩	凶咎	
《合集》	41070				《英藏》2038
《合補》	7940	二	𦰩	凶咎	
《合補》	7941	二	𦰩	凶咎	
《合補》	8169	二	𦰩	凶咎	
《懷特》	1144	二	𦰩	殘辭	
《英藏》	2034	二	𦰩	凶咎	《合集》41068
《英藏》	2035	二	𦰩	凶咎	
《英藏》	2037	二	𦰩	凶咎	
《英藏》	2038	二	𦰩	凶咎	《合集》41070
《英藏》	2040	二	𦰩	凶咎	
《合補》	10935	四	𦰩	人名	
《合集》	20538	王	𦰩	殘辭	
《合集》	20539	王	𦰩	凶咎	
《合集》	22091甲	王	𦰩	凶咎	
《英藏》	1848	王	𦰩	凶咎	《合集》39948
《東大》	1295	王	𦰩	凶咎	
《村中南》	389＋337	王	𦰩	凶咎	午組

來　源	編　號	字形	卜辭義	備　註
《花東》	3	𦰩	凶咎	
《花東》	5	𦰩	凶咎	
《花東》	39	𦰩	凶咎	
《花東》	43	𦰩	凶咎	
《花東》	75	𦰩	凶咎	
《花東》	75	𦰩	凶咎	
《花東》	122	𦰩	凶咎	
《花東》	124	𦰩	凶咎	

來　源	編　號	字形	卜辭義	
《花東》	149		凶咎	
《花東》	155		凶咎	
《花東》	165		凶咎	
《花東》	165		凶咎	
《花東》	208		凶咎	
《花東》	286		凶咎	
《花東》	336		凶咎	
《花東》	412		凶咎	
《花東》	446		凶咎	
《花東》	450		凶咎	
《花東》	455		凶咎	
《花東》	493		凶咎	
《花東》	505		凶咎	

12. 曼

來　源	編　號	分期	字形	卜辭義	備　註
《合集》	22	一		人名	
《合集》	22	一		人名	
《合集》	23	一		人名	
《合集》	493 正	一		人名	
《合集》	583 反	一		地名	
《合集》	584 乙反	一		地名	
《合集》	1031	一		人名	
《合集》	1309	一		殘辭	
《合集》	2693	一		殘辭	
《合集》	3308	一		殘辭	
《合集》	3331	一		殘辭	
《合集》	4505	一		人名	
《合集》	4506	一		殘辭	
《合集》	4507	一		殘辭	
《合集》	4508	一		殘辭	
《合集》	4531	一		人名	
《合集》	5476	一		人名	
《合集》	6353	一		殘辭	
《合集》	8113	一		殘辭	
《合集》	8114	一		殘辭	

來源	編號	字形	卜辭義	備註
《合集》	9486	一	𦥑	人名	
《合集》	10047	一			《合補》2511
《合集》	10923	一	𦥑	人名	
《合集》	10924	一	𦥒	地名	
《合集》	12859	一	𦥒	地名	
《合集》	14436	一	𦥑	人名	
《合集》	14436	一	𦥑	殘辭	
《合集》	15132	一	𦥑	人名	
《合集》	15253	一	𦥒	殘辭	
《合集》	17390 乙正	一	𦥑	殘辭	
《合補》	502				《懷特》360
《合補》	2511	一	𦥑	地名	《合集》9644＋《合集》10047
《懷特》	360	一	𦥑	殘辭	《合補》502
《懷特》	961	一	𦥑	人名	
《懷特》	962	一	𦥑	人名	
《合集》	23685	二	𦥑	人名	
《合集》	27754	三	𦥑	人名	
《合集》	27755 正	三	𦥑	人名	
《合集》	27755 反	三	𦥑	人名	
《合集》	32289	四	𦥒	人名	
《合集》	32765	四	𦥑	地名	
《合集》	32921	四	𦥑	人名	
《合集》	33102	四	𦥒	地名	
《合集》	35309	四	𦥑	殘辭	
《屯南》	740	四	𦥑	人名	文丁
《屯南》	2026	四	𦥑	殘辭	武乙
《懷特》	1607	四	𦥑	人名	
《村中南》	375	四	𦥑	殘辭	歷組-父丁
《屯南》	2015	？	𦥑	殘辭	

來源	編號	字形	卜辭義	備註
《花東》	249	𦥑	地名	
《花東》	286	𦥑		疑非曼。
《花東》	475	𦥑	地名	

13. 夢

來　源	編　號	分期	字形	卜辭義	備　註
《合集》	122	一	𠱾	作夢	
《合集》	122	一	𠱾	作夢	
《合集》	201 正	一	𠱾	作夢	
《合集》	272 正	一	𠱾	作夢	
《合集》	272 正	一	𠱾	作夢	
《合集》	376 正	一	𠱾	作夢	
《合集》	376 正	一	𠱾	作夢	
《合集》	376 正	一	𠱾	作夢	
《合集》	376 正	一	𠱾	作夢	
《合集》	376 反	一	𠱾	作夢	
《合集》	376 反	一	𠱾	作夢	
《合集》	376 反	一	𠱾	作夢	
《合集》	456 正	一	𠱾	作夢	
《合集》	632	一	𠱾	作夢	
《合集》	655 甲正	一	𠱾	作夢	
《合集》	776 正	一	𠱾	作夢	
《合集》	776 正	一	𠱾	作夢	
《合集》	776 正	一	𠱾	作夢	
《合集》	776 正	一	𠱾	作夢	
《合集》	892 正	一	𠱾	作夢	
《合集》	892 正	一	𠱾	作夢	
《合集》	905 正	一	𠱾	作夢	
《合集》	905 正	一	𠱾	作夢	
《合集》	974 正	一	𠱾	作夢	
《合集》	974 正	一	𠱾	作夢	
《合集》	1027 正	一	𠱾	作夢	
《合集》	1027 正	一	𠱾	作夢	
《合集》	1051 反	一	𠱾	作夢	
《合集》	1051 反	一	𠱾	作夢	
《合集》	1812	一	𠱾	作夢	
《合集》	1878 正	一	𠱾	作夢	
《合集》	1878 正	一	𠱾	作夢	
《合集》	3458 正	一	𠱾	作夢	

《合集》	5096 正	一	𥄡	作夢	
《合集》	5096 正	一	𥄡	作夢	
《合集》	5598 正	一	𥄡	作夢	
《合集》	5682	一	𥄡	作夢	
《合集》	6033 反	一	𥄡	作夢	
《合集》	6033 反	一	𥄡	作夢	
《合集》	6655 正	一	𥄡	作夢	
《合集》	6655 正	一	𥄡	作夢	
《合集》	6813	一	𥄡	人名	
《合集》	6826 正	一	𥄡	作夢	
《合集》	6948 正				《合補》5121 正
《合集》	8840	一	𥄡	作夢	
《合集》	10345 正	一	𥄡	作夢	
《合集》	10345 正	一	𥄡	作夢	
《合集》	10408 正	一	𥄡	作夢	
《合集》	11006 正	一	𥄡	作夢	
《合集》	11018 正				《合補》5120
《合集》	12052 正	一	𥄡	作夢	
《合集》	12713	一	𥄡	作夢	
《合集》	12780 反	一	𥄡	殘辭	《合集》17484＝《合集》17723
《合集》	13507	一	𥄡	作夢	
《合集》	14199 正	一	𥄡	作夢	
《合集》	14199 正	一	𥄡	作夢	
《合集》	15417				《合補》452
《合集》	17364	一	𥄡	作夢	
《合集》	17372	一	𥄡	作夢	
《合集》	17373 乙	一	𥄡	作夢	
《合集》	17374 正	一	𥄡	作夢	
《合集》	17375	一	𥄡	作夢	
《合集》	17375	一	𥄡	作夢	
《合集》	17376	一	𥄡	作夢	
《合集》	17377 正	一	𥄡	作夢	
《合集》	17378	一	𥄡	作夢	
《合集》	17379 正	一	𥄡	作夢	
《合集》	17380	一	𥄡	作夢	
《合集》	17381	一	𥄡	作夢	《合補》5134

《合集》	17382	一	𥄉	作夢	
《合集》	17383	一	𥄉	作夢	
《合集》	17384	一	𥄉	作夢	
《合集》	17385 正	一	𥄉	作夢	
《合集》	17386	一	𥄉	作夢	
《合集》	17387	一	𥄉	作夢	
《合集》	17388	一	𥄉	作夢	
《合集》	17389	一	𥄉	作夢	
《合集》	17390 乙正	一	𥄉	作夢	《合補》5122 正
《合集》	17391	一	𥄉	作夢	
《合集》	17392 正	一	𥄉	作夢	
《合集》	17393 正	一	𥄉	作夢	
《合集》	17394	一	𥄉	作夢	
《合集》	17395 正	一	𥄉	作夢	
《合集》	17396	一	𥄉	作夢	
《合集》	17397 正	一	𥄉	作夢	
《合集》	17397 正	一	𥄉	作夢	
《合集》	17397 正	一	𥄉	作夢	
《合集》	17397 正	一	𥄉	作夢	
《合集》	17398	一	𥄉	作夢	
《合集》	17399	一	𥄉	作夢	
《合集》	17400 正	一	𥄉	作夢	
《合集》	17401	一	𥄉	作夢	
《合集》	17402	一	𥄉	作夢	
《合集》	17403	一	𥄉	作夢	
《合集》	17403	一	𥄉	作夢	
《合集》	17404	一	𥄉	作夢	
《合集》	17405 正	一	𥄉	作夢	
《合集》	17406	一	𥄉	作夢	
《合集》	17407 正	一	𥄉	作夢	
《合集》	17407 正	一	𥄉	作夢	
《合集》	17408 正	一	𥄉	作夢	
《合集》	17408 正	一	𥄉	作夢	
《合集》	17409 正	一	𥄉	作夢	
《合集》	17409 正	一	𥄉	作夢	

《合集》	17409 正	一	㝱	作夢	
《合集》	17409 正	一	㝱	作夢	
《合集》	17410 正	一	㝱	作夢	
《合集》	17411	一	㝱	作夢	
《合集》	17411	一	㝱	作夢	
《合集》	17412 正	一	㝱	作夢	
《合集》	17413	一	㝱	作夢	
《合集》	17414	一	㝱	作夢	
《合集》	17415	一	㝱	作夢	
《合集》	17416	一	㝱	作夢	
《合集》	17417	一	㝱	作夢	
《合集》	17418	一	㝱	作夢	
《合集》	17419	一	㝱	作夢	
《合集》	17420 正				《合補》5136
《合集》	17421	一	㝱	作夢	《東大》424＝《合補》5126
《合集》	17422	一	㝱	作夢	
《合集》	17423 正	一	㝱	作夢	
《合集》	17424 正	一	㝱	作夢	《合集》17558 正
《合集》	17425 正	一	㝱	作夢	
《合集》	17426	一	㝱	作夢	
《合集》	17427	一	㝱	作夢	
《合集》	17428	一	㝱	作夢	
《合集》	17429	一	㝱	作夢	
《合集》	17430	一	㝱	作夢	
《合集》	17431	一	㝱	作夢	
《合集》	17432	一	㝱	作夢	
《合集》	17433	一	㝱	作夢	
《合集》	17434	一	㝱	作夢	
《合集》	17435	一	㝱	作夢	
《合集》	17436	一	㝱	作夢	
《合集》	17437 正	一	㝱	作夢	
《合集》	17438	一	㝱	作夢	
《合集》	17439 正	一	㝱	作夢	
《合集》	17440	一	㝱	作夢	
《合集》	17441	一	㝱	作夢	

《合集》	17442	一	𥄎	作夢	
《合集》	17443	一	𥄎	作夢	
《合集》	17444	一	𥄎	作夢	
《合集》	17445	一	𥄎	作夢	
《合集》	17446	一	𥄎	作夢	
《合集》	17447	一	𥄎	作夢	
《合集》	17448	一	𥄎	作夢	
《合集》	17450	一	𥄎	作夢	
《合集》	17450	一	𥄎	作夢	
《合集》	17450	一	𥄎	作夢	
《合集》	17451	一	𥄎	作夢	
《合集》	17452	一	𥄎	作夢	
《合集》	17453	一	𥄎	作夢	
《合集》	17454	一	𥄎	作夢	
《合集》	17455	一	𥄎	作夢	
《合集》	17456	一	𥄎	作夢	
《合集》	17457	一	𥄎	作夢	
《合集》	17458	一	𥄎	作夢	
《合集》	17459	一	𥄎	作夢	
《合集》	17460 正	一	𥄎	作夢	
《合集》	17461	一	𥄎	殘辭	
《合集》	17462	一	𥄎	作夢	
《合集》	17463	一	𥄎	作夢	
《合集》	17464	一	𥄎	作夢	
《合集》	17465	一	𥄎	作夢	
《合集》	17467	一	𥄎	作夢	
《合集》	17468	一	𥄎	作夢	
《合集》	17469 正	一	𥄎	作夢	
《合集》	17470	一	𥄎	作夢	
《合集》	17471	一	𥄎	殘辭	
《合集》	17472	一	𥄎	殘辭	
《合集》	17473	一	𥄎	殘辭	
《合集》	17474	一	𥄎	殘辭	
《合集》	17475	一	𥄎	殘辭	
《合集》	17476	一	𥄎	殘辭	

來源	編號		字	辭例	備註
《合集》	17477 正	一	〔字〕	殘辭	
《合集》	17478	一	〔字〕	殘辭	
《合集》	17479	一	〔字〕	殘辭	
《合集》	17480 正	一	〔字〕	殘辭	
《合集》	17481	一	〔字〕	殘辭	
《合集》	17481	一	〔字〕	殘辭	
《合集》	17482	一	〔字〕	殘辭	
《合集》	17483	一	〔字〕	殘辭	
《合集》	17484				《合集》12780 反＝《合集》17723
《合集》	17558 正				《合集》17424 正
《合集》	17723				《合集》17484＝《合集》12780 反
《合集》	18656	一	〔字〕	殘辭	
《合集》	18660	一	〔字〕	作夢	
《合補》	452	一	〔字〕	作夢	《合集》15417
《合補》	1697	一	〔字〕	作夢	
《合補》	4706	一	〔字〕	殘辭	
《合補》	4707	一	〔字〕	殘辭	
《合補》	5115 正	一	〔字〕	作夢	
《合補》	5116				《懷特》476
《合補》	5117				《懷特》478
《合補》	5118				《懷特》498
《合補》	5119	一	〔字〕	殘辭	
《合補》	5120	一	〔字〕	作夢	《合集》11018＋《乙》4084
《合補》	5120	一	〔字〕	作夢	
《合補》	5121	一	〔字〕	作夢	《合集》6948＋《合集》6949
《合補》	5122				《合集》17390 乙正
《合補》	5123				《懷特》491
《合補》	5124				《合集》974＋《合集》17481 誤綴
《合補》	5125	一	〔字〕	作夢	
《合補》	5126				《合集》17421＝《東大》424
《合補》	5127 正	一	〔字〕	作夢	
《合補》	5128	一	〔字〕	作夢	
《合補》	5129	一	〔字〕	殘辭	

《合補》	5130	一	⿰爿夢	作夢	
《合補》	5131	一	⿰爿夢	殘辭	
《合補》	5132				《合集》1463＋《合集》14199 誤綴
《合補》	5133 反	一	⿰爿夢	殘辭	
《合補》	5134 正				《合集》17381
《合補》	5135	一	⿰爿夢	殘辭	
《合補》	5136	一	⿰爿夢	作夢	《合集》17264＋《合集》17420
《合補》	5136	一	⿰爿夢	作夢	
《合補》	6242	一	⿰爿夢	作夢	
《懷特》	476	一	⿰爿夢	殘辭	《合補》5116
《懷特》	478	一	⿰爿夢	殘辭	《合補》5117
《懷特》	491	一	⿰爿夢	作夢	《合補》5123
《懷特》	498	一	⿰爿夢	作夢	《合補》5118
《英藏》	1616 正	一	⿰爿夢	作夢	
《英藏》	1617	一	⿰爿夢	作夢	
《英藏》	1618 正	一	⿰爿夢	殘辭	
《英藏》	1619	一	⿰爿夢	作夢	
《英藏》	1620	一	⿰爿夢	作夢	
《英藏》	1621	一	⿰爿夢	作夢	
《東大》	424				《合集》17421＝《合補》5126
《合補》	6716	二	⿰爿夢	殘辭	
《合集》	31283	三	⿰爿夢	殘辭	
《合集》	31284	三	⿰爿夢	殘辭	
《合集》	32212	四	⿰爿夢	作夢	
《懷特》	1633	四	⿰爿夢	作夢	
《合集》	19829	王	⿰爿夢	作夢	
《合集》	21058	王	⿰爿夢	殘辭	
《合集》	21380	王	⿰爿夢	作夢	
《合集》	21381	王	⿰爿夢	作夢	
《合集》	21382	王	⿰爿夢	作夢	
《合集》	21383	王	⿰爿夢	殘辭	
《合集》	21384	王	⿰爿夢	作夢	
《合集》	21534	王	⿰爿夢	作夢	
《合集》	21623	王	⿰爿夢	作夢	

《合集》	21666	王	𦤻	作夢	
《合集》	21767	王	𦤻	作夢	
《合集》	22065	王	𦤻	作夢	
《合集》	22145	王	𦤻	作夢	
《合集》	22292	王	𦤻	殘辭	
《村中南》	288	王	𦤻	殘辭	𠂤組

來　源	編　號	字　形	卜辭義	備　　註
《花東》	5	𦤻	作夢	
《花東》	26	𦤻	作夢	
《花東》	26	𦤻	殘辭	
《花東》	29	𦤻	作夢	
《花東》	53	𦤻	作夢	
《花東》	113	𦤻	作夢	
《花東》	113	𦤻	作夢	
《花東》	124	𦤻	作夢	
《花東》	124	𦤻	作夢	
《花東》	124	𦤻	作夢	
《花東》	149	𦤻	作夢	
《花東》	165	𦤻	作夢	
《花東》	289	𦤻	作夢	
《花東》	314	𦤻	作夢	
《花東》	314	𦤻	作夢	
《花東》	314	𦤻	作夢	
《花東》	349	𦤻	作夢	
《花東》	349	𦤻	作夢	
《花東》	352	𦤻	作夢	
《花東》	403	𦤻	作夢	
《花東》	493	𦤻	作夢	

14. 得

來　源	編　　號	分期	字形	卜辭義	備　　註
《合集》	66	一	𢔌	獲取	
《合集》	130 正	一	𢔌	獲取	
《合集》	131	一	𢔌	獲取	

《合集》	133 正	一	�	獲取	
《合集》	133 正	一	�	獲取	
《合集》	134	一	�	獲取	
《合集》	135 正乙	一	�	獲取	
《合集》	137 正	一	�	獲取	
《合集》	439	一	�	獲取	
《合集》	503	一	�	獲取	
《合集》	504 正	一	�	獲取	
《合集》	505 正	一	�	獲取	
《合集》	505 正	一	�	獲取	
《合集》	507	一	�	獲取	
《合集》	508	一	�	獲取	
《合集》	509 正	一	�	獲取	
《合集》	510	一	�	獲取	
《合集》	517 正	一	�	獲取	
《合集》	518	一	�	獲取	
《合集》	519	一	�	獲取	
《合集》	520	一	�	獲取	
《合集》	601	一	�	獲取	
《合集》	626	一	�	獲取	
《合集》	641 正	一	�	獲取	
《合集》	641 正	一	�	獲取	
《合集》	641 正	一	�	獲取	
《合集》	849 正	一	�	獲取	
《合集》	850	一	�	獲取	
《合集》	850	一	�	獲取	
《合集》	850	一	�	獲取	
《合集》	851	一	�	獲取	
《合集》	852 正	一	�	獲取	
《合集》	854	一	�	獲取	
《合集》	855	一	�	獲取	
《合集》	926 正	一	�	獲取	
《合集》	926 正	一	�	獲取	
《合集》	926 正	一	�	獲取	
《合集》	926 正	一	�	獲取	

《合集》	926 反	一	𢦔	獲取	
《合集》	926 反	一	𢦔	獲取	
《合集》	2652 正	一	𢦔	獲取	
《合集》	2652 正	一	𢦔	獲取	
《合集》	2824	一	𢦔	獲取	
《合集》	2824	一	𢦔	獲取	
《合集》	3086	一	𢦔	殘辭	
《合集》	3301	一	𢦔	獲取	
《合集》	3589 正	一	𢦔	殘辭	
《合集》	4011	一	𢦔	殘辭	
《合集》	4368	一	𢦔	獲取	
《合集》	4368	一	𢦔	獲取	
《合集》	4512	一	𢦔	獲取	
《合集》	4719	一			《合補》1205
《合集》	4777	一	𢦔	獲取	
《合集》	4838	一	𢦔	獲取	
《合集》	4839	一	𢦔	獲取	
《合集》	5527 正	一	𢦔	獲取	
《合集》	5527 正	一	𢦔	獲取	
《合集》	5600	一	𢦔	獲取	
《合集》	5601 正	一	𢦔	獲取	
《合集》	5935	一	𢦔	殘辭	
《合集》	6016 正	一	𢦔	獲取	
《合集》	6764	一	𢦔	獲取	
《合集》	6765	一	𢦔	獲取	
《合集》	6959	一	𢦔	獲取	
《合集》	6959	一	𢦔	獲取	
《合集》	7134	一	𢦔	獲取	
《合集》	7134	一	𢦔	獲取	
《合集》	7297 反	一	𢦔	獲取	
《合集》	7997	一	𢦔	殘辭	
《合集》	8265	一	𢦔	獲取	
《合集》	8379	一	𢦔	獲取	
《合集》	8572	一	𢦔	獲取	
《合集》	8673	一	𢦔	人名	

《合集》	8881	一	㪅	人名	
《合集》	8882 正	一	㪅	獲取	
《合集》	8883 正	一	㪅	獲取	
《合集》	8884	一	㪅	獲取	
《合集》	8884	一	㪅	獲取	
《合集》	8884	一	㪅	獲取	
《合集》	8885 正	一	㪅	獲取	
《合集》	8886 正	一	㪅	獲取	
《合集》	8887 反	一	㪅	獲取	
《合集》	8888 正	一	㪅	獲取	
《合集》	8888 反	一	㪅	獲取	
《合集》	8889 正	一	㪅	獲取	
《合集》	8890	一	㪅	殘辭	
《合集》	8891	一	㪅	獲取	
《合集》	8892	一	㪅	獲取	
《合集》	8893 正	一	㪅	獲取	
《合集》	8894 反	一	㪅	獲取	
《合集》	8895 正	一	㪅	獲取	
《合集》	8895 正	一	㪅	獲取	
《合集》	8896	一	㪅	獲取	
《合集》	8897	一	㪅	獲取	
《合集》	8898 正	一	㪅	獲取	
《合集》	8899	一	㪅	獲取	
《合集》	8899	一	㪅	獲取	
《合集》	8899	一	㪅	獲取	
《合集》	8899	一	㪅	獲取	
《合集》	8900	一	㪅	獲取	
《合集》	8901	一	㪅	殘辭	
《合集》	8902	一	㪅	獲取	
《合集》	8903	一	㪅	獲取	
《合集》	8904	一	㪅	獲取	
《合集》	8905	一	㪅	獲取	
《合集》	8906	一	㪅	殘辭	
《合集》	8907	一	㪅	殘辭	
《合集》	8908	一	㪅	獲取	

《合集》	8909	一	𪓮	殘辭	
《合集》	8909	一	𪓮	獲取	
《合集》	8910	一	𪓮	獲取	
《合集》	8911	一	𪓮	獲取	
《合集》	8912 正	一	𪓮	獲取	
《合集》	8912 反	一	𪓮	獲取	
《合集》	8913 反	一	𪓮	獲取	
《合集》	8914	一	𪓮	獲取	
《合集》	8915	一	𪓮	獲取	
《合集》	8916 正	一	𪓮	獲取	
《合集》	8917 正	一	𪓮	獲取	
《合集》	8918	一	𪓮	獲取	
《合集》	8919 正	一	𪓮	獲取	
《合集》	8920 正	一	𪓮	獲取	
《合集》	8921	一	𪓮	獲取	
《合集》	8922	一	𪓮	獲取	
《合集》	8923	一	𪓮	獲取	
《合集》	8924	一	𪓮	獲取	
《合集》	8925 正	一	𪓮	獲取	
《合集》	8926	一	𪓮	獲取	
《合集》	8927	一	𪓮	獲取	
《合集》	8928	一	𪓮	獲取	
《合集》	8929	一	𪓮	獲取	
《合集》	8930	一	𪓮	獲取	
《合集》	8931	一	𪓮	獲取	
《合集》	8953 反	一	𪓮	獲取	
《合集》	9495	一	𪓮	人名	
《合集》	9496	一	𪓮	人名	《合集》21486
《合集》	10846	一	𪓮	獲取	
《合集》	11006 正	一	𪓮	獲取	
《合集》	11006 反	一	𪓮	獲取	
《合集》	11250	一	𪓮	獲取	
《合集》	11460 甲正	一	𪓮	獲取	
《合集》	11460 乙正	一	𪓮	獲取	
《合集》	12051 正	一	𪓮	獲取	

《合集》	12051 正	一	㑥	獲取	
《合集》	12051 正	一	㑥	獲取	
《合集》	12534	一	㣆	獲取	
《合集》	12862 正	一	㑥	獲取	
《合集》	14161 反	一	㑥	獲取	
《合集》	17503 正	一	㑥	殘辭	
《合集》	17702 反	一	㑥	獲取	
《合集》	18210	一	㣇	殘辭	
《合集》	18211	一	㣇	殘辭	
《合集》	21486				《合集》9496
《合集》	39913	一	㑥	獲取	
《合補》	1205	一	㣆	人名	《合集》4254＋《合集》4719
《合補》	1804	一	㑥	獲取	
《合補》	1804	一	㑥	獲取	
《合補》	1897	一	㑥	獲取	
《合補》	2435	一	㑥	殘辭	
《合補》	2436	一	㑥	獲取	《東大》166
《合補》	2437	一	㑥	殘辭	
《合補》	2438	一	㑥	殘辭	《懷特》598
《合補》	2439 正	一	㑥	殘辭	
《合補》	2440	一	㑥	殘辭	
《合補》	2441	一	㑥	殘辭	
《合補》	2442	一	㑥	殘辭	
《合補》	2443 正	一	㣆	殘辭	
《合補》	2797	一	㑥	殘辭	
《懷特》	359	一	㑥	獲取	
《懷特》	447	一	㑥	獲取	
《懷特》	598	一	㑥	殘辭	
《英藏》	413	一	㑥	殘辭	
《英藏》	414 正	一	㑥	獲取	
《英藏》	540	一	㑥	獲取	
《英藏》	540	一	㑥	獲取	
《英藏》	708	一	㑥	獲取	
《英藏》	732	一	㑥	獲取	
《英藏》	732	一	㑥	獲取	

來源	編號	分期	字形	卜辭義	備註
《英藏》	776 正	一	𢧜	獲取	
《英藏》	783 正	一	𢧜	獲取	
《英藏》	1105 反	一	𢧜	獲取	
《英藏》	1152	一	𢧜	獲取	
《英藏》	1364	一	𢧜	獲取	
《合集》	24555	二	𢧜	殘辭	
《合集》	28094	三	𢎑	獲取	
《合集》	30000	三	𢎑	獲取	
《合集》	32509	四	𢧜	獲取	
《合集》	32509	四	𢧜	獲取	
《合集》	32509	四	𢧜	獲取	
《合集》	32509	四	𢧜	獲取	
《合集》	32509	四	𢧜	獲取	
《屯南》	2322	四	𢧜	獲取	武乙
《屯南》	2322	四	𢧜	獲取	武乙
《合集》	19755	王	𢎑	獲取	
《合集》	19756	王	𢎑	獲取	
《合集》	20635	王	𢧜	獲取	
《合集》	20636	王	𢎑	殘辭	
《合集》	21791	王	𢧜	獲取	
《合集》	40869	王	𢎑	獲取	
《英藏》	1805	王	𢎑	殘辭	

15. 采

來　源	編　號	分期	字形	卜辭義	備　註
《合集》	2086	一	𠂹	時段	
《合集》	3223	一	𠂹	時段	
《合集》	11501				《合補》2813
《合集》	11726				
《合集》	11727	一	𠂹	時段	
《合集》	12424	一	𠂹	早上	
《合集》	12810	一	𠂹	早上	
《合集》	12811	一	𠂹	時段	
《合集》	12812	一	𠂹	早上	
《合集》	12813 正				《合補》3643

《合集》	12814 正	一	𢆷	早上	
《合集》	13377	一	𢆷	早上	
《合補》	2813	一	𢆷	早上	《合集》11501＋《合集》11726
《合補》	2813	一	𢆷	時段	
《合補》	3643	一	𢆷	早上	《合集》12813＋《合集》3529
《合集》	20397	王	𢆷	傍晚	
《合集》	20800	王	𢆷	傍晚	
《合集》	20828	王	𢆷	時段	
《合集》	20959	王	𢆷	時段	
《合集》	20960	王	𢆷	早上	
《合集》	20966	王	𢆷	傍晚	
《合集》	20993	王	𢆷	早上	
《合集》	21011	王	𢆷	時段	
《合集》	21013	王	𢆷	傍晚	
《合集》	21016	王	𢆷	傍晚	《合集》21021＋《合集》21316＋《合集》21321＋《合集》21016＝《彙編》776
《合集》	21021	王	𢆷	早上	
《合集》	21021	王	𢆷	早上	
《合集》	21493	王	𢆷	早上	
《合集》	21962	王	𢆷	早上	
《屯南》	4432	王	𢆷	時段	𠂤組
《合集》	38290	五	𢆷	時段	

16. 畀

來　源	編　號	分期	字形	卜辭義	備　註
《合集》	478 正	一	畀	殘辭	
《合集》	557	一	畀	提供	
《合集》	811 反	一	畀	提供	
《合集》	946 正	一	畀	提供	
《合集》	946 正	一	畀	提供	
《合集》	946 正	一	畀	提供	
《合集》	2851	一	畀	殘辭	
《合集》	3345	一	畀	提供	
《合集》	3582	一	畀	提供	
《合集》	4307 正	一	畀	殘辭	
《合集》	5396 反	一	畀	殘辭	

《合集》	6054	一	𠂤	殘辭	
《合集》	6087 正	一	𠂤	提供	
《合集》	6134	一	𠂤	提供	
《合集》	6160	一	𠂤	提供	
《合集》	6161	一	𠂤	提供	
《合集》	6162	一	𠂤	提供	
《合集》	6163 正	一	𠂤	提供	
《合集》	6163 正	一	𠂤	提供	
《合集》	6164	一	𠂤	提供	
《合集》	6166	一	𠂤	提供	《合集》6166＋《合集》7405 正＝《拼》104
《合集》	6392	一	𠂤	提供	
《合集》	6401	一	𠂤	提供	
《合集》	6401	一	𠂤	提供	
《合集》	6402	一	𠂤	提供	
《合集》	6405 正	一	𠂤	提供	
《合集》	6406	一	𠂤	提供	
《合集》	6468	一	𠂤	提供	
《合集》	6468	一	𠂤	提供	
《合集》	6532 正	一	𠂤	提供	
《合集》	6533	一	𠂤	提供	
《合集》	6653 正	一	𠂤	稱揚	
《合集》	6653 正	一	𠂤	稱揚	
《合集》	7013	一	𠂤	殘辭	
《合集》	7276	一	𠂤	殘辭	
《合集》	7343	一	𠂤	提供	
《合集》	7379 正	一	𠂤	提供	
《合集》	7380 正	一	𠂤	提供	
《合集》	7381 正	一	𠂤	提供	
《合集》	7382 正	一	𠂤	提供	
《合集》	7383 正	一	𠂤	提供	
《合集》	7384 正	一	𠂤	提供	
《合集》	7385 正	一	𠂤	提供	
《合集》	7386	一	𠂤	提供	
《合集》	7386	一	𠂤	提供	
《合集》	7387	一	𠂤	提供	

《合集》	7388 正	一	𠨍	提供	
《合集》	7389	一	𠨍	提供	
《合集》	7389	一	𠨍	提供	
《合集》	7391 正	一	𠨍	提供	
《合集》	7392	一	𠨍	提供	
《合集》	7393	一	𠨍	提供	
《合集》	7394 正	一	𠨍	提供	
《合集》	7395	一	𠨍	殘辭	
《合集》	7396	一	𠨍	提供	
《合集》	7396	一	𠨍	提供	
《合集》	7397	一	𠨍	提供	
《合集》	7398	一	𠨍	提供	
《合集》	7399 正	一	𠨍	提供	
《合集》	7400	一	𠨍	提供	
《合集》	7401	一	𠨍	提供	
《合集》	7402	一	𠨍	提供	
《合集》	7402	一	𠨍	提供	
《合集》	7402	一	𠨍	提供	
《合集》	7403	一	𠨍	提供	
《合集》	7403	一	𠨍	提供	
《合集》	7404	一	𠨍	提供	
《合集》	7405 正	一	𠨍	提供	
《合集》	7406	一	𠨍	提供	
《合集》	7407 乙反	一	𠨍	提供	
《合集》	7408	一	𠨍	提供	
《合集》	7409	一	𠨍	提供	
《合集》	7410	一	𠨍	提供	
《合集》	7411	一	𠨍	提供	
《合集》	7412	一	𠨍	提供	
《合集》	7413	一	𠨍	提供	
《合集》	7414	一	𠨍	提供	
《合集》	7415 正	一	𠨍	提供	
《合集》	7417	一	𠨍	提供	
《合集》	7418	一	𠨍	提供	
《合集》	7419	一	𠨍	提供	

《合集》	7421	一	㞢	提供	
《合集》	7422	一	㞢	提供	
《合集》	7423	一	㞢	提供	
《合集》	7424	一	㞢	提供	
《合集》	7424	一	㞢	殘辭	
《合集》	7425	一	㞢	提供	
《合集》	7426 正	一	㞢	提供	
《合集》	7427 正	一	㞢	提供	
《合集》	7428	一	㞢	提供	
《合集》	7429	一	㞢	提供	
《合集》	7431	一	㞢	提供	
《合集》	7432	一	㞢	提供	
《合集》	7433	一	㞢	提供	
《合集》	7434	一	㞢	提供	
《合集》	7435	一	㞢	提供	
《合集》	7436	一	㞢	提供	
《合集》	9629	一	㞢	再祭	
《合集》	9629	一	㞢	再祭	
《合集》	9630	一	㞢	再祭	
《合集》	12020	一	㞢	再祭	
《合集》	13538	一	㞢	再祭	
《合集》	13569	一	㞢	再祭	
《合集》	17630 正	一	㞢	殘辭	
《合集》	18253	一	㞢	殘辭	
《合集》	18793	一	㞢	再祭	
《合集》	19536	一	㞢	再祭	
《合集》	19537	一	㞢	再祭	
《合集》	19538	一	㞢	殘辭	
《合集》	19539	一	㞢	殘辭	
《合集》	19554	一	㞢	殘辭	
《合集》	39830	一	㞢	提供	
《合集》	40718	一	㞢	提供	
《合補》	516	一	㞢	提供	《英藏》198＋《合集》18481
《合補》	1839	一	㞢	殘辭	
《合補》	2018	一	㞢	殘辭	

《合補》	2061	一	人	提供	
《合補》	2062	一	人	提供	
《合補》	2107 正	一			《懷特》394
《合補》	2108	一	人	提供	
《合補》	2109	一	人	提供	＋《合補》2080
《合補》	2111	一	人	提供	
《合補》	2112	一	人	殘辭	
《合補》	2113 反	一	人	殘辭	
《合補》	6148	一	人	殘辭	
《懷特》	24	一	人	殘辭	
《懷特》	394 正	一	人	提供	
《英藏》	197	一	人	提供	
《英藏》	198				《合補》516
《英藏》	524	一	人	提供	
《英藏》	582	一	人	提供	
《英藏》	656	一	人	殘辭	
《英藏》	1187	一	人	提供	
《合集》	26631	二	人	再祭	
《合集》	41300	二	人	再祭	
《合集》	28043	三	人	殘辭	
《合集》	28044	三	人	人名	
《合集》	28089 正	三	人	提供	
《合集》	30389 正	三	人	再祭	
《屯南》	4465	？	人	再祭	康丁—武乙
《合集》	31996 正	四	人	再祭	
《合集》	32030	四	人	再祭	
《合集》	32420	四	人	再祭	
《合集》	32535	四	人	再祭	
《合集》	32535	四	人	再祭	
《合集》	32721	四	人	再祭	
《合集》	32849	四	人	再祭	
《合集》	32849	四	人	殘辭	
《合集》	33097	四	人	提供	
《合集》	34657	四	人	再祭	
《屯南》	2593	四	人	殘辭	武乙

來　源	編號	字形	卜辭義	備　註
《合集》	21073	王	提供	
《合集》	21531	王	提供	
《合集》	36893	五	殘辭	
《合集》	38232	五	殘辭	
《合集》	38232	五	再祭	

來　源	編　號	字　形	卜辭義	備　註
《花東》	29		再祭	
《花東》	34		再祭	
《花東》	34		再祭	
《花東》	34		再祭	
《花東》	34		再祭	
《花東》	34		再祭	
《花東》	34		再祭	
《花東》	149		再祭	
《花東》	180		再祭	
《花東》	193		再祭	
《花東》	203		再祭	
《花東》	286		再祭	
《花東》	286		再祭	
《花東》	363		再祭	
《花東》	363		再祭	
《花東》	449		再祭	
《花東》	480		再祭	

17. 鼓

來　源	編　號	分期	字形	卜辭義	備　註
《合集》	891 正	一		祭名	
《合集》	4805	一		祭名	
《合集》	6945	一		祭名	
《合集》	6945	一		祭名	
《合集》	6945	一		祭名	
《合集》	6945	一		祭名	
《合集》	6948 正	一		殘辭	
《合集》	7355	一		祭名	

《合集》	8289 正	一	🐾	地名	
《合集》	8290	一	🐾	殘辭	
《合集》	8291	一	🐾	地名	
《合集》	15223	一	🐾	地名	
《合集》	15496	一	🐾	祭名	
《合集》	15710	一	🐾	祭名	
《合集》	15986 甲	一	🐾	祭名	
《合集》	15986 乙	一	🐾	祭名	
《合集》	15987	一	🐾	殘辭	
《合集》	15988	一	🐾	殘辭	
《合集》	15989	一	🐾	殘辭	
《合集》	16490	一	🐾	殘辭	
《懷特》	696	一	🐾	殘辭	
《合集》	22749	二			《東大》1182a
《合集》	24390	二			《合集》31686
《合集》	23603	二	🐾	祭名	
《合集》	25088	二	🐾	祭名	
《合集》	25238	二	🐾	祭名	
《合集》	25241	二			《合集》22749〔註1〕
《合集》	25242	二	🐾	祭名	
《合集》	25243	二	🐾	祭名	
《合集》	25894	二	🐾	祭名	
《東大》	1182a	二	🐾	祭名	《合集》22749
《合集》	30388	三	🐾	祭名	
《合集》	30763	三	🐾	祭名	
《合集》	31686	三	🐾	地名	《合集》24390〔註2〕
《屯南》	658	三	🐾	地名	康丁
《屯南》	658	三	🐾	地名	康丁
《屯南》	658	三	🐾	地名	康丁
《合集》	33184	四	🐾	殘辭	
《合集》	35333	四	🐾	殘辭	
《合集》	20075	王	🐾	祭名	
《合集》	20075	王	🐾	祭名	

〔註1〕按：合25241與22749來源不同，然確為同版，惟22749較25241完整。
〔註2〕按：此版被分置兩期，從其卜字形來看，應為第三期。

來　源	編　號	分期	字形	卜辭義	備　註
《合集》	20075	王		祭名	
《合集》	20076	王		殘辭	
《合集》	20536	王		祭名	
《合集》	21227	王		殘辭	
《合集》	21228	王		殘辭	
《合集》	21229	王		祭名	
《合集》	21787	王		婦名	
《合集》	21881	王		祭名	
《合集》	21881	王		祭名	
《合集》	36527	五		地名	

18. 妆

來　源	編　號	分期	字形	卜辭義	備　註
《合集》	14 正	一		用牲法	
《合集》	190 正	一		用牲法	
《合集》	190 正	一		用牲法	
《合集》	303＋304	一		用牲法	
《合集》	303＋304	一		用牲法	
《合集》	305	一		用牲法	
《合集》	306	一		用牲法	
《合集》	438 正	一		用牲法	
《合集》	438 正	一		用牲法	
《合集》	438 正	一		用牲法	
《合集》	438 反	一		用牲法	
《合集》	438 反	一		用牲法	
《合集》	463 正	一		用牲法	
《合集》	464 正	一		用牲法	
《合集》	465	一		用牲法	
《合集》	466	一		用牲法	
《合集》	466	一		用牲法	
《合集》	466	一		用牲法	
《合集》	467	一		用牲法	
《合集》	502	一		用牲法	
《合集》	584 甲反	一		用牲法	
《合集》	829 正	一		用牲法	
《合集》	1066 反	一		用牲法	

《合集》	1073	一	𣥏	用牲法	
《合集》	1074 正	一	𣥏	用牲法	
《合集》	1075 反	一	𣥏	用牲法	
《合集》	1076 甲正	一	𣥏	用牲法	
《合集》	1077				《合集》22601
《合集》	1108 正	一	𣥏	用牲法	
《合集》	1109 正	一	𣥏	用牲法	
《合集》	1110 正	一	𣥏	用牲法	
《合集》	1111 正	一	𣥏	用牲法	
《合集》	1112	一	𣥏	用牲法	
《合集》	1113	一	𣥏	用牲法	
《合集》	1114 正	一	𣥏	用牲法	
《合集》	1114 正	一	𣥏	用牲法	
《合集》	1114 反	一	𣥏	用牲法	
《合集》	1314	一	𣥏	用牲法	
《合集》	1314	一	𣥏	用牲法	
《合集》	1965	一	𣥏	用牲法	
《合集》	1975	一	𣥏	用牲法	
《合集》	1976	一	𣥏	殘辭	
《合集》	4025	一	𣥏	用牲法	
《合集》	4261	一	𣥏	殘辭	
《合集》	5775 正	一	𣥏	用牲法	
《合集》	5775 正	一	𣥏	用牲法	
《合集》	5988	一	𣥏	殘辭	
《合集》	6949 正	一	𣥏	用牲法	
《合集》	6949 正	一	𣥏	用牲法	
《合集》	7822	一	𣥏	用牲法	
《合集》	8306	一	𣥏	用牲法	
《合集》	8597	一	𣥏	用牲法	
《合集》	8656 正	一	𣥏	用牲法	
《合集》	9747		𣥏	殘辭	
《合集》	9774 正	一	𣥏	用牲法	
《合集》	10936 正	一	𣥏	用牲法	
《合集》	11497 正	一	𣥏	用牲法	
《合集》	11498 正	一	𣥏	用牲法	
《合集》	11499 正	一	𣥏	用牲法	

《合集》	13404	一		用牲法	
《合集》	14161 正	一		用牲法	
《合集》	15742	一		殘辭	
《合集》	15887	一		用牲法	
《合集》	16117 甲正	一		用牲法	
《合集》	16152 正	一		用牲法	
《合集》	16152 正	一		用牲法	
《合集》	16152 反	一		用牲法	
《合集》	16152 反	一		用牲法	
《合集》	16153	一		用牲法	
《合集》	16154	一		用牲法	
《合集》	16155	一		用牲法	
《合集》	16156	一		殘辭	
《合集》	16157	一		殘辭	
《合集》	16158	一		用牲法	
《合集》	16159 正	一		殘辭	
《合集》	16159 反	一		殘辭	
《合集》	16160	一		用牲法	
《合集》	16161	一		殘辭	
《合集》	16162 正	一		用牲法	
《合集》	16163	一		殘辭	
《合集》	16164	一		殘辭	
《合集》	16165	一		殘辭	
《合集》	16166	一		用牲法	
《合集》	16167	一		殘辭	
《合集》	16168	一		殘辭	
《合集》	16169	一		殘辭	
《合集》	16170	一		殘辭	
《合集》	16171	一		用牲法	
《合集》	16172	一		用牲法	
《合集》	16173	一		用牲法	
《合集》	16174	一		用牲法	
《合集》	16175 正	一		用牲法	
《合集》	16176	一		用牲法	
《合集》	16177	一		殘辭	

《合集》	16178	一		殘辭	
《合集》	16179	一		用牲法	
《合集》	16180 正	一		用牲法	
《合集》	17391	一		用牲法	
《合集》	17878 反	一		用牲法	
《合集》	40485	一		用牲法	《合補》13236
《合補》	4461	一		用牲法	
《合補》	4462	一		殘辭	
《合補》	13236	一			《合集》40485
《英藏》	537	一		用牲法	
《英藏》	1296	一		用牲法	
《合集》	22601	二		用牲法	《合集》1077
《合集》	22603	二		用牲法	
《合集》	22857	二		用牲法	
《合集》	22992	二		用牲法	
《合集》	22992	二		用牲法	
《合集》	23220	二		用牲法	
《合集》	23338	二		用牲法	
《合集》	23372	二		用牲法	
《合集》	23377	二		用牲法	
《合集》	23456	二		用牲法	
《合集》	23465	二		用牲法	
《合集》	23481	二		用牲法	
《合集》	23566	二		殘辭	
《合集》	24899	二		殘辭	
《合集》	25163	二		殘辭	
《合集》	25663	二		殘辭	
《合集》	26055	二		用牲法	
《合集》	26056	二		用牲法	
《合集》	26057	二		用牲法	
《合集》	26058	二		殘辭	
《合集》	26059	二		殘辭	
《合集》	26060	二		殘辭	
《合集》	26061	二		殘辭	
《合集》	26062	二		殘辭	
《合集》	26066	二		殘辭	

《英藏》	1968	二	𝄇	殘辭	
《英藏》	1974	二	𝄇	殘辭	
《合集》	27164	三	𝄇	用牲法	
《合集》	27328	三	𝄇	用牲法	
《合集》	27329	三	𝄇	用牲法	
《合集》	27332	三	𝄇	用牲法	
《合集》	27333	三	𝄇	殘辭	
《合集》	27393	三	𝄇	殘辭	
《合集》	27412	三	𝄇	用牲法	
《合集》	27412	三	𝄇	用牲法	
《合集》	27625	三	𝄇	用牲法	
《合集》	27627	三	𝄇	用牲法	
《合集》	29713	三	𝄇	用牲法	
《合集》	29713	三	𝄇	用牲法	
《合集》	30552	三	𝄇	用牲法	
《合集》	31116	三	𝄇	用牲法	
《合集》	31117	三	𝄇	用牲法	
《合集》	31118	三	𝄇	用牲法	
《合集》	31119	三	𝄇	用牲法	
《屯南》	2710	三	𝄇	用牲法	康丁
《屯南》	2710	三	𝄇	用牲法	康丁
《屯南》	2854	三	𝄇	用牲法	康丁
《屯南》	4078	三	𝄇	用牲法	康丁
《合集》	33986	四	𝄇	用牲法	
《合集》	34606	四	𝄇	用牲法	
《屯南》	536	四	𝄇	用牲法	武乙
《合集》	21238	王	𝄇	殘辭	
《合集》	21920	王	𝄇	用牲法	
《合集》	22157	王	𝄇	用牲法	
《合集》	22158	王	𝄇	殘辭	
《合集》	22183	王	𝄇	用牲法	
《合集》	22276	王	𝄇	用牲法	
《合集》	22276	王	𝄇	用牲法	
《合集》	22276	王	𝄇	用牲法	
《合集》	22288	王	𝄇	用牲法	

來　源	編　號	字　形	卜辭義	備　註
《花東》	16		用牲法	
《花東》	53		用牲法	
《花東》	88		用牲法	
《花東》	88		用牲法	
《花東》	88		用牲法	
《花東》	105		殘辭	
《花東》	106		用牲法	
《花東》	113		用牲法	
《花東》	123		用牲法	
《花東》	140		用牲法	
《花東》	149		用牲法	
《花東》	157		用牲法	
《花東》	173		用牲法	
《花東》	180		用牲法	
《花東》	181		用牲法	
《花東》	189		用牲法	
《花東》	223		用牲法	
《花東》	223		用牲法	
《花東》	223		用牲法	
《花東》	226		用牲法	
《花東》	228		用牲法	
《花東》	236		用牲法	
《花東》	236		用牲法	
《花東》	236		用牲法	
《花東》	236		用牲法	
《花東》	236		用牲法	
《花東》	241		用牲法	
《花東》	241		用牲法	
《花東》	265		用牲法	
《花東》	265		用牲法	
《花東》	267		用牲法	
《花東》	276		用牲法	
《花東》	276		用牲法	

《花東》	276	〔字〕	用牲法
《花東》	276	〔字〕	用牲法
《花東》	278	〔字〕	用牲法
《花東》	284	〔字〕	用牲法
《花東》	286	〔字〕	用牲法
《花東》	299	〔字〕	用牲法
《花東》	311	〔字〕	用牲法
《花東》	314	〔字〕	用牲法
《花東》	314	〔字〕	用牲法
《花東》	316	〔字〕	用牲法
《花東》	322	〔字〕	用牲法
《花東》	374	〔字〕	用牲法
《花東》	374	〔字〕	用牲法
《花東》	384	〔字〕	用牲法
《花東》	384	〔字〕	用牲法
《花東》	401	〔字〕	用牲法
《花東》	401	〔字〕	用牲法
《花東》	401	〔字〕	用牲法
《花東》	401	〔字〕	用牲法
《花東》	401	〔字〕	用牲法
《花東》	401	〔字〕	用牲法
《花東》	401	〔字〕	用牲法
《花東》	401	〔字〕	用牲法
《花東》	401	〔字〕	用牲法
《花東》	409	〔字〕	用牲法
《花東》	413	〔字〕	用牲法
《花東》	413	〔字〕	用牲法
《花東》	426	〔字〕	用牲法
《花東》	426	〔字〕	用牲法
《花東》	427	〔字〕	用牲法
《花東》	427	〔字〕	用牲法
《花東》	427	〔字〕	用牲法
《花東》	428	〔字〕	用牲法
《花東》	446	〔字〕	用牲法
《花東》	451	〔字〕	用牲法

來　源	編　號	字形	卜辭義
《花東》	474		用牲法
《花東》	474		用牲法
《花東》	490		用牲法

19. 逆

來　源	編　號	分期	字形	卜辭義	備　註
《合集》	112	一		人名	
《合集》	185	一		人名	
《合集》	270 反	一		史官	
《合集》	567	一		迎擊	
《合集》	2320	一		人名	
《合集》	2691 反	一		史官	
《合集》	2960 正	一		人名	
《合集》	3521 正	一		人名	
《合集》	3933	一		貞人	
《合集》	3934	一		貞人	
《合集》	4554	一		殘辭	
《合集》	4568	一		人名	
《合集》	4827	一		殘辭	
《合集》	4914	一		人名	
《合集》	4915	一		人名	
《合集》	4915	一		殘辭	
《合集》	4916				《合集》1243＋《合集》15812＝《合補》61
《合集》	4917	一		人名	
《合集》	4918	一		人名	
《合集》	4919	一		人名	《合集》15528＋《合集》39987
《合集》	4920	一		人名	
《合集》	4921	一		殘辭	
《合集》	4922	一		殘辭	
《合集》	5327	一		殘辭	
《合集》	5951 正	一		人名	
《合集》	6197			迎擊	
《合集》	6198	一		迎擊	
《合集》	6199	一		迎擊	
《合集》	6201	一		迎擊	

出處	編號	一	字形	辭例	備註
《合集》	6202	一	（字形）	迎擊	
《合集》	6203	一	（字形）	迎擊	
《合集》	6204 正	一	（字形）	迎擊	
《合集》	6205	一	（字形）	迎擊	
《合集》	7054	一	（字形）	人名	
《合集》	7058	一	（字形）	人名	
《合集》	7576	一	（字形）	迎擊	
《合集》	7577	一	（字形）	迎擊	
《合集》	8851	一	（字形）	人名	
《合集》	12341	一	（字形）	貞人	
《合集》	14626	一	（字形）	殘辭	
《合集》	15006 反	一	（字形）	殘辭	
《合集》	15528				《合集》4919＋《合集》39987
《合集》	15828	一	（字形）	殘辭	
《合集》	16600	一	（字形）	貞人	
《合集》	17099	一	（字形）	人名	
《合集》	17537 正	一	（字形）	殘辭	
《合集》	18235	一	（字形）	殘辭	
《合集》	18236	一	（字形）	殘辭	
《合集》	18445	一	（字形）	殘辭	
《合集》	19244	一	（字形）	迎迓	
《合集》	19245	一	（字形）	殘辭	
《合集》	39987	一	（字形）	人名	《合集》4919＋《合集》15528
《合補》	61	一	（字形）	人名	《合集》4916＋《合集》1243＋《合集》15812
《合補》	2192	一	（字形）	人名	《合補》9809
《合補》	5086	一	（字形）	人名	
《合補》	6397	一	（字形）	殘辭	
《合補》	9809				《合補》2192 [註3]
《懷特》	334	一	（字形）	殘辭	
《懷特》	516	一	（字形）	殘辭	
《英藏》	555	一	（字形）	迎擊	
《英藏》	555	一	（字形）	迎擊	
《英藏》	555	一	（字形）	迎擊	

〔註3〕兩版重版，其來源皆《歷藏》6092，《合補》卻分置兩期，今暫置於第一期。

《英藏》	624 正	一	徉	殘辭	
《合集》	23644	二	⅄	殘辭	
《合集》	23702	二	⅄	殘辭	
《合集》	24400	二	⅄	地名	
《合集》	26879				《合補》8982
《合集》	26907 正	三	徉	殘辭	
《合集》	27075	三	⅄	逆祀	
《合集》	27437	三	徉	祭名	
《合集》	31485	三	徉	貞人	
《合集》	31486	三	徉	貞人	
《合集》	31487	三	徉	貞人	
《合集》	8982	三	⅄	族名	《合集》26879＋《合集》26880
《合集》	8982	三	⅄	族名	＋《合集》26885＋《合集》28035
《合補》	10069				《懷特》1333
《屯南》	37	三	⅄	逆祀	康丁
《屯南》	2557	三	⅄	逆祀	康丁
《懷特》	1333	三	徉	貞人	
《屯南》	3210		⅄	祭儀	康丁—武乙
《合集》	32035	四	徉	迎迓	
《合集》	32035	四	徉	迎迓	
《合集》	32035	四	徉	迎迓	
《合集》	32036	四	徉	迎迓	
《合集》	32037	四	徉	迎迓	
《合集》	32038	四	徉	迎迓	
《合集》	32155	四	徉	迎迓	
《合集》	32185	四	⅄	迎迓	
《合集》	32185	四	⅄	迎迓	
《合集》	32185	四	⅄	迎迓	
《合集》	32185	四	⅄	迎迓	
《合集》	32185	四	⅄	迎迓	
《合集》	33230	四	⅄	祭名	
《合集》	33230	四	⅄	祭名	
《合集》	33231	四	⅄	祭名	
《合集》	33917	四	⅄	殘辭	
《屯南》	1046	四	⅄	殘辭	武乙

《合集》	34299	四	𢆶	相遇	
《合集》	34300	四	𢆶	相遇	
《合集》	34315				《合補》9626
《合集》	34529	四	𢆶	相遇	
《合集》	34533	四	𢆶	相遇	
《合集》	34533	四	𢆶	相遇	
《合集》	34613	四	𢆶	相遇	
《合集》	34613	四	𢆶	相遇	
《合集》	34614	四	𢆶	相遇	
《合集》	34614	四	𢆶	相遇	
《合集》	34614	四	𢆶	相遇	
《合集》	34615	四	𢆶	相遇	
《合集》	34615	四	𢆶	相遇	
《合集》	34616	四	𢆶	相遇	
《合集》	34616	四	𢆶	相遇	
《合集》	35340	四	𢆶	相遇	
《合集》	35341 反	四	𢆶	相遇	
《合集》	41514	四	𢆶	相遇	
《合集》	41568	四	𢆶	相遇	
《合集》	41593	四	𢆶	相遇	
《合集》	41594	四	𢆶	相遇	
《合集》	41610	四	𢆶	相遇	
《合補》	10613	四	𢆶	相遇	
《合補》	10614	四	𢆶	相遇	
《合補》	10615	四	𢆶	相遇	
《合補》	10616				《合集》33934
《合補》	10617				《懷特》1604
《合補》	10618				《懷特》1605
《合補》	10619	四	𢆶	相遇	
《合補》	10926	四	𢆶	相遇	
《合補》	13405	四	𢆶	相遇	
《屯南》	283	四	𢆶	相遇	武乙
《屯南》	488	四	𢆶	相遇	武乙
《屯南》	725	四	𢆶	相遇	武乙
《屯南》	725	四	𢆶	相遇	武乙

《屯南》	725	四	𢆶	相遇	武乙
《屯南》	830	四	𢆶	相遇	武乙
《屯南》	945	四	𢆶	殘辭	武乙
《屯南》	945	四	𢆶	殘辭	武乙
《屯南》	1066	四	𢆶	殘辭	武乙
《屯南》	1066	四	𢆶	人名	武乙
《屯南》	1082	四	𢆶	人名	武乙
《屯南》	1091	四	𢆶	相遇	武乙
《屯南》	1110	四	𢆶	相遇	武乙
《屯南》	1110	四	𢆶	相遇	武乙
《屯南》	1156	四	𢆶	殘辭	武乙
《屯南》	1288	四	𢆶	相遇	武乙
《屯南》	1302	四	𢆶	相遇	武乙
《屯南》	1694	四	𢆶	相遇	武乙
《屯南》	2143	四	𢆶	相遇	武乙
《屯南》	2471	四	𢆶	相遇	武乙
《屯南》	2524	四	𢆶	相遇	武乙
《屯南》	2926	四	𢆶	相遇	武乙
《屯南》	3246	四	𢆶	相遇	武乙
《屯南》	4427	四	𢆶	相遇	武乙
《屯南》	4427	四	𢆶	殘辭	武乙
《屯南》	4475	四	𢆶	相遇	武乙
《懷特》	1604	四	𢆶	相遇	
《懷特》	1605	四	𢆶	相遇	
《合集》	20222	王	𢆶	相遇	
《合集》	20413	王	𢆶	相遇	
《合集》	20449	王	𢆶	相遇	
《合集》	20554	王	𢆶	相遇	
《合集》	20707	王	𢆶	相遇	
《合集》	20757	王	𢆶	相遇	
《合集》	20757	王	𢆶	相遇	
《合集》	20837	王	𢆶	相遇	
《合集》	21006 正	王	𢆶	相遇	
《合集》	22466	王	𢆶	相遇	
《懷特》	1504	王	𢆶	相遇	

《英藏》	1906	王	�套	相遇	
《英藏》	1906	王	�套	相遇	
《合集》	35435	五	僕	相遇	
《合集》	35497	五	僕	相遇	
《合集》	36203	五	僕	相遇	
《合集》	36482	五	僕	相遇	
《合集》	36511	五	僕	相遇	
《合集》	36530	五	僕	相遇	
《合集》	36552	五	僕	相遇	
《合集》	36552	五	僕	相遇	
《合集》	36630	五	僕	相遇	
《合集》	36739	五	僕	相遇	
《合集》	37604	五	僕	相遇	
《合集》	37617	五	僕	相遇	
《合集》	37645	五	僕	相遇	
《合集》	37645	五	僕	相遇	
《合集》	37646	五	僕	相遇	
《合集》	37647	五	僕	相遇	
《合集》	37647	五	僕	相遇	
《合集》	37669	五	僕	相遇	
《合集》	37669	五	僕	相遇	
《合集》	37671	五	僕	相遇	
《合集》	37671	五	僕	相遇	
《合集》	37714	五	僕	相遇	
《合集》	37714	五	僕	相遇	
《合集》	37727	五	僕	相遇	
《合集》	37727	五	僕	相遇	
《合集》	37728	五	僕	相遇	
《合集》	37728	五	僕	相遇	
《合集》	37728	五	僕	相遇	
《合集》	37728	五	僕	相遇	
《合集》	37733	五	僕	相遇	
《合集》	37742	五	僕	相遇	
《合集》	37742	五	僕	相遇	
《合集》	37744	五	僕	相遇	

《合集》	37777	五	僕	相遇	
《合集》	37777	五	僕	相遇	
《合集》	37786	五	僕	相遇	
《合集》	37787	五	僕	相遇	
《合集》	37795	五	僕	相遇	
《合集》	37795	五	僕	相遇	
《合集》	37852	五	僕	相遇	
《合集》	37855	五	僕	相遇	
《合集》	38120	五	僕	相遇	
《合集》	38169	五	僕	相遇	
《合集》	38170	五	僕	相遇	
《合集》	38171	五	僕	相遇	
《合集》	38172	五	僕	相遇	
《合集》	38173	五	僕	相遇	
《合集》	38174	五	僕	相遇	
《合集》	38175	五	僕	相遇	
《合集》	38176	五	僕	相遇	
《合集》	38177	五	僕	相遇	
《合集》	38177	五	僕	相遇	
《合集》	38178	五	僕	相遇	
《合集》	38179	五	僕	相遇	
《合集》	38186	五	僕	相遇	
《合集》	38186	五	僕	相遇	
《合集》	38186	五	僕	相遇	
《合集》	38186	五	僕	相遇	
《合集》	38187	五	僕	相遇	
《合集》	38187	五	僕	相遇	
《合集》	38188	五	僕	相遇	
《合集》	38188	五	僕	相遇	
《合集》	38189	五	僕	相遇	
《合集》	38198	五	僕	相遇	
《合集》	38243	五	僕	相遇	
《合集》	38785	五	僕	殘辭	
《英藏》	2566	五	僕	相遇	
《英藏》	2566	五	僕	相遇	

來源	編號	字形	卜辭義	備註
《英藏》	2567	五	相遇	
《屯南》	464	?	殘辭	?
《屯南》	1355	?	相遇	?
《屯南》	1388	?	殘辭	?
《屯南》	1811	?	相遇	?
《屯南》	1833	?	殘辭	?
《屯南》	1868	?	殘辭	?
《屯南》	3276	?	相遇	?
《屯南》	3362	?	殘辭	?
《屯南》	4245	?	殘辭	?

來　　源	編　　號	字　　形	卜辭義	備　　註
《花東》	14		相遇	
《花東》	14		相遇	
《花東》	14		相遇	
《花東》	14		相遇	
《花東》	14		相遇	
《花東》	50		相遇	
《花東》	50		相遇	
《花東》	50		相遇	
《花東》	50		相遇	
《花東》	289		相遇	
《花東》	352		相遇	
《花東》	352		相遇	
《花東》	378		相遇	
《花東》	381		相遇	
《花東》	468		相遇	
《花東》	484		相遇